LES LUMIÈRES DE ZANDIA

LES ÉPOUSES ZANDIENNES
TOME 4

RENEE ROSE

REBEL WEST

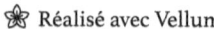 Réalisé avec Vellum

LIVRE GRATUIT DE RENEE ROSE

Abonnez-vous à la newsletter de Renee

Abonnez-vous à la newsletter de Renee pour recevoir livre gratuit, des scènes bonus gratuites et pour être averti·e de ses nouvelles parutions !

https://BookHip.com/QQAPBW

CHAPITRE UN

K*ianna.*

Il me regarde. Encore.

Je jette un coup d'œil de l'autre côté de l'espace de travail recouvert de composants électroniques attendant d'être réparés. Même si le grand et beau Zandian est à une bonne cinquantaine de pas de moi, je sens ses mouvements comme s'ils effleuraient ma peau.

Quand il me surprend à l'observer, il croise les bras et me fusille du regard.

— Kianna, ce composant ne va pas se réparer tout seul.

J'essaie d'ignorer ses muscles saillants, parce que c'est vraiment un connard.

— Tu as raison, Mykl, dis-je en levant les yeux au ciel. Comme j'ai de la chance d'avoir un patron aussi perspicace. Tu m'apprends toujours quelque chose.

Il tousse et son regard noir s'intensifie.

— C'est de l'insubordination ?

Lorsqu'il avait accepté le poste de surveillant d'humains, Mykl ne comprenait pas les sarcasmes, mais après quasiment un cycle solaire avec moi qui le taquine sans cesse, il y est maintenant rompu. Il fronce un sourcil d'un air sévère.

J'ai l'estomac retourné sous l'effet de l'adrénaline. Il est officiellement mon maître et mon superviseur, ce qui veut dire qu'il est autorisé à me sanctionner.

Physiquement.

Quelques-unes de mes amies terriennes m'ont raconté quels genres de choses délicieuses peuvent se produire quand elles poussent trop à bout leurs conjoints zandians. Si elles les excitent trop. Ou qu'elles enfreignent les règles. Pour une raison quelconque, les Zandians croient que les punitions sexuelles sont la meilleure manière d'acclimater les humains à leur société.

J'aime cette idée. Tout était mieux que le bâton donnant des décharges électriques et la privation de nourriture que j'avais subis à l'usine où je trimais comme esclave avant d'être achetée aux enchères par des guerriers zandians.

Bien sûr, Mykl ne m'a pas touchée. Il n'est pas mon compagnon. Ni mon ami. Il n'aime pas être mon maître, même si parfois je le surprends à me regarder d'un air affamé.

Je pointe quelque chose sur le plan de travail.

— Ça, c'est un phaser de classe 4 fonctionnel.

Je t'en prie. Je me lève, lui fais mon plus adorable sourire et m'essuie les mains sur mon pantalon ajusté.

Il suit chacun de mes mouvements de ses yeux bruns à la bordure violette qui prennent une teinte pourpre. Son froncement de sourcils s'accentue.

— Impossible. Je te l'ai donné à réparer lors de la dernière rotation planétaire. Vérifie ton travail.

Il traverse la pièce et me rejoint rapidement.

J'inspire brièvement, sa proximité me met dans tous mes états.

— Déjà fait. Deux fois.

Quand il est aussi près de moi, j'en ai des vertiges.

— Maître Mykl.

Je l'ai poussé de plus en plus dans ses retranchements au cours des dernières rotations planétaires. Je ne résiste pas à la manière dont il répond, avec des grognements et des remontrances. Et je sais que je n'imagine pas l'inclinaison de ses cornes dans ma direction.

— Alors, recommence une troisième fois.

Ignorant ma pique, il récupère le composant et l'examine en le retournant entre ses doigts forts et habiles. Il me scrute. Ramène son attention vers le module.

— Par les étoiles. Je pense que tu pourrais avoir raison.

— Oh, c'est le cas.

Je lui décoche un regard.

— Fais-moi confiance.

Je ne peux m'empêcher de sourire devant son expression émerveillée.

— Je ne fais jamais confiance aux humains.

Sa réponse est raide et automatique. Je l'ai déjà entendu le dire, mais elle me vrille les tripes et assassine mon sourire. De tous les Zandians que j'ai rencontrés, Mykl est le moins ouvert aux humains. Je pense que s'il pouvait agir selon ses envies, il nous renverrait tous. Peu importe le fait que sa planète a besoin de nous pour se repeupler.

Je secoue la tête.

— Alors, va faire un test sur le vaisseau d'essai sur la piste.

Je pointe les grandes portes vitrées où attend un vaisseau spatial.

— Tu verras.

— Suis-moi.

Il me donne l'ordre d'un ton sec et commence à avancer.

Je trotte derrière lui, je dois presque courir pour ne pas être distancée par ses larges enjambées.

— Tâche de rester avec moi, Kianna.

— Oh, j'aimerais rester avec toi, murmuré-je.

— C'était quoi, ça ?

Il s'arrête et se retourne. Il me transperce du regard.

— J'adorerais être capable de marcher assez vite pour rester à tes côtés.

J'écarquille les yeux pour lui donner mon plus bel air innocent.

— Dommage que les humains soient si chétifs et minuscules.

Les Zandians ne lèvent pas les yeux au ciel, mais si c'était le cas, il le ferait. Je sens un tumulte d'émotions dans ce féroce guerrier. Il fait de son mieux pour n'en montrer aucune.

— Je soupçonne que tu te moques.

Il pose son regard sur moi. Je prends une inspiration.

— Cette inclinaison des humains pour ce que vous appelez le sarcasme… Je ne recommande pas un tel comportement, Kianna.

J'en ai des papillons dans le ventre – son côté strict ne devrait pas me plaire autant.

— Hmm ? Je me demande ce qui pourrait arriver si je continue, songé-je tout haut.

— Je t'assignerai à un autre pôle, réplique-t-il. Et je trouverai un nouveau technicien en électronique qui sera plus apte à travailler de manière professionnelle avec moi.

— Bonne chance.

— Pardon ?

— Si ça devait se produire, je te souhaite beaucoup de succès dans ta recherche. Ce travail est crucial pour Zandia.

Je souris.

— Ce serait vraiment dommage que le progrès faiblisse.

— Les femelles humaines, murmure-t-il. Si tu étais mienne...

Ses cornes sont épaisses, son corps tendu. La manière dont il se tient me donne soudainement l'impression qu'il a les mêmes désirs que moi.

Mais il se détourne. Il semble irrité.

— Peu importe. Va chercher Amber et commencez la séquence de tests 7A5.

— Tout de suite. Je l'appelle immédiatement.

Je n'ai pas besoin de grand-chose. Je jette un œil de l'autre côté de la pièce, croise son regard et lève la main. Une seconde plus tard, mon amie et collègue est près de moi.

— Tu es rapide pour une femme aussi enceinte.

Je lui touche le ventre et la serre dans mes bras.

— C'est le petit. Je pense qu'il m'apporte une énergie nouvelle.

Elle caresse son abdomen.

— On lui a déjà trouvé un nom et il le connaît parce qu'il donne des coups de pied quand on le prononce. Regarde.

Elle s'éclaircit la gorge et baisse les yeux.

— Jasper, je te présente Kianna ! Dis bonjour !

Un moment plus tard, une bosse apparaît.

— Tu as vu ça ?

Elle rayonne pratiquement d'excitation.

— Il m'en donne aussi chaque fois que mes deux compagnons me font l'amour, me murmure-t-elle à l'oreille.

Mykl semble plus mal à l'aise que jamais. Son visage prend une teinte violet foncé.

— Veuillez garder les discussions personnelles pour après le travail.

Sa voix est tendue. Je sais qu'il a entendu ce qu'Amber a

chuchoté – ce Zandian peut littéralement percevoir ce qui se dit à des kilomètres.

L'image d'Amber avec ses deux mâles surgit dans ma tête et j'essaie de la repousser. J'ignore ce que c'est d'avoir des relations sexuelles avec un Zandian, sans parler de deux ou plus. Je jette un petit coup d'œil vers la silhouette massive de Mykl. Gagné, il me regarde à nouveau. Je rougis et détourne les yeux, parce que mon esprit devient fou. J'imagine des scénarios impossibles de lui me prenant sauvagement penchée sur la station de travail.

— Si vous parvenez à cesser vos bavardages, on pourra peut-être se mettre réellement au boulot.

Mykl s'occupe du module de test.

— On doit terminer ce module de bataille tout de suite parce que le roi Zander m'a demandé de préparer les banques de récupération d'énergie pour l'Éclipse du Cristal.

— Ça peut vraiment fonctionner ?

J'écarquille les yeux.

— Des banques d'énergie ? On n'a pas encore perfectionné cette technologie.

— On ne le saura pas à moins d'essayer, répond-il. Et par essayer, je veux dire faire notre travail.

— Pour quelqu'un qui prétend ne pas apprécier le sarcasme, tu es plutôt doué.

Je n'ai pas pu retenir la remarque.

— Je n'ai pas dit que j'en ignorais les techniques.

Il se rapproche de moi et la chaleur de son corps irradie le mien, caressant le feu entre mes jambes.

— Seulement, je n'aime pas les entendre dans ta bouche, ajoute-t-il.

Maintenant, il me parle de ma bouche. Je lève les yeux vers lui. Ses lèvres sont si pleines pour un visage aussi anguleux.

— Tu voudrais qu'il en sorte quoi ?

Je n'arrive pas à quitter sa silhouette extraterrestre du regard, suivre la ligne imberbe de sa mâchoire, la fossette de son menton.

Un pas de plus et il pourra me plaquer contre la station de travail, une main de chaque côté de mes hanches. Mon souffle se coince dans ma gorge. Ses yeux sont sombres, brumeux. Ils sont rivés sur ma bouche. L'espace d'un instant, je pense qu'il va m'embrasser, mais il recule brusquement et se détourne.

— Ce que je voudrais, Kianna, c'est que tu accomplisses ta tâche comme indiqué, sans sarcasme. C'est trop demander ?

— Oui, euh non, je peux le faire.

Soumise, je jette un œil vers Amber. Elle penche la tête vers lui et me lance un regard interrogateur. Je secoue la mienne et grimace.

— À quoi servent les banques d'énergie ? s'enquiert Amber en me fixant. C'est la première fois que j'en entends parler.

— Le roi Zander souhaite que cette cérémonie du cycle du cristal soit un succès, explique Mykl, la voix tendue. Il espère que ça va encourager plus de Zandians et d'humaines à, hmm, choisir des compagnons. Et il aimerait qu'on crée une technologie pour absorber les radiations supplémentaires pour qu'on puisse les utiliser plus tard.

Les Zandians survivent essentiellement grâce à l'énergie des cristaux incrustés dans le cœur de la planète. Leur lumière diffusée amplifie la vie et les pouvoirs de guérisons, comme ils l'avaient découvert quand ils avaient été forcés de s'exiler.

Je me tapote les lèvres.

— Parce que c'est une très grosse surtension ? Elle se

produit une fois tous les mille cycles solaires, estimé-je. Et cet éclat d'énergie est une force vitale sans pareille. Ça arrive parfaitement au bon moment, puisque la planète et sa population essaient de se reconstruire. C'est logique de vouloir en absorber autant que possible.

Mykl incline la tête vers moi avec un de ses rares regards remplis de fierté qu'il laisse parfois transparaître à travers son personnage bourru et je rougis. J'ai bien envie d'absorber quelque chose de lui.

— Puisque j'ai déjà des compagnons, on va utiliser l'énergie pour aider notre bébé à être fort et en santé et approfondir notre lien. J'ai hâte. J'ai entendu dire que quand on se trouve dans les rayons avec un être qu'on aime, c'est indescriptible.

— Mais on ne sait pas encore si c'est sûr pour les humains, l'avertis-je. Quand on sera au point culminant du solstice.

— En fait, ça l'est.

Elle sourit en me touchant le bas, réellement excitée.

— Je viens de l'apprendre de Bayla. Apparemment, le Dr Daneth et elle ont fait une simulation ce matin et tous ses cobayes ont réussi. Les humains comme les métisses. Alors tout le monde pourra se baigner de lumière. Ils vont bientôt l'annoncer à toute la planète.

— C'est génial.

Mon ton est mélancolique et je jure dans ma barbe.

— J'ai hâte d'en apprendre plus.

— Le roi Zander a déclaré qu'on sera tous libres de se lier pendant les Lumières zandiannes. Toutes les unions seront reconnues sans requête – même les couples avec un seul partenaire. Je pense que c'est une bénédiction pour tous ceux qui ne veulent pas partager avec un autre mâle et c'est aussi pour pousser toutes les humaines célibataires à choisir un ou des compagnons.

Amber lève un sourcil dans ma direction.

— Ça va être excitant, Kianna, ajoute-t-elle.

La nausée s'empare de moi. Je sais qu'elle m'encourage à sauter le pas et accepter des mâles comme elle l'a fait, mais je ne parviens pas à trouver cette idée excitante.

— Et si quelqu'un se précipite et fait un mauvais choix ?

— En fait, le roi Zander a aussi parlé de ça. Il dit que les liens pourront être réévalués au cours des prochaines Lumières zandiannes ou qu'on pourra faire une requête pour dissoudre les unions à tout moment.

Deux Zandians m'ont fait part de leur intérêt. Archer et Bow, deux guerriers robustes qui viennent me voir dès qu'ils en ont l'occasion. Ils m'ont fait savoir qu'ils avaient envie de me donner leurs cristaux. Deux beaux extraterrestres qui méritent d'avoir une compagne. Et ils me veulent moi – l'humaine qui est restée le plus longtemps ici sans avoir sélectionné un Zandian, presque tout un cycle solaire.

Le roi Zander ne m'a jamais demandé de me mettre dans le rang et de choisir quelqu'un. Mais je sais que c'est une question de temps. Après tout, je suis là pour ça, non ? Et il est de plus en plus évident à chaque rotation planétaire que Mykl n'est pas intéressé.

— Tu rencontreras peut-être quelqu'un aussi, Mykl.

Amber lui lance un sourire sournois. Elle aime le taquiner presque autant que moi.

— Peu probable.

Il visse un boulon sur une des unités de banque énergétique à proximité.

— La dernière chose que je veux, ou dont j'ai besoin, est une compagne humaine. Je vais utiliser mon énergie pour renforcer mon engagement envers Zandia. Améliorer mes compétences.

Il semble si dégoûté à l'idée d'avoir une humaine à ses côtés que j'en ai les larmes aux yeux. Pourquoi suis-je intéressée par le seul Zandian méprisant les Terriens ?

Je me détourne pour me ressaisir et prends une inspiration. Je me rappelle que j'ai de la chance d'être ici sur Zandia, et plus une esclave. Une humaine libre avec des amis, un travail, de la nourriture et en bonne santé. Si je ne peux avoir la perfection sous la forme d'un compagnon, j'ai une meilleure existence que dans beaucoup d'endroits de la galaxie.

Je m'éclaircis la gorge.

— La cérémonie ne tourne pas uniquement autour des unions. Le solstice du cristal est aussi un moment pour se rassembler et célébrer la seule véritable étoile de Zandia. Travailler en harmonie avec tous les autres êtres sur la planète. Comme ça, même ceux qui ne sont pas liés peuvent célébrer les joies de la vie.

— Comment peux-tu le savoir ?

Mykl croise les bras et me dévisage. Je déglutis.

— J'ai vu l'holo sur le sujet. Et tout le monde est au courant. C'est dans la formation des nouveaux humains désormais. Tu sais, en tant que membre de la société zandianne, la cérémonie du solstice des Lumières compte autant pour nous que pour vous.

Mykl se moque.

— Je trouve ridicule que les humains pensent tout connaître de l'histoire ancienne de Zandia. Vous ne la comprendrez jamais réellement. Ni n'en ferez partie.

Il semble triste et amer, pas irrité comme d'habitude.

Je ne le comprends pas vraiment, mais au ton de sa voix, je sens que ce n'est pas un moment pour le taquiner ou le pousser dans ses retranchements. Alors je me redresse.

— Dis-moi sur quoi travailler, Mykl. Je vais faire de mon mieux pour estimer les capacités des banques d'énergies pour avoir une longueur d'avance.

M*ykl*

— Comment avancent les banques énergétiques du cristal ?

Mon ami et guerrier zandian, Lanz, me sourit en laissant tomber son sac de voyage à ses pieds. Le tarmac brille sous le soleil couchant de Zandia, projetant des rayons orangés sur la piste d'atterrissage.

Je lève une main pour me protéger les yeux.

— Bien. Tu reviens de mission ? Tu pues.

Je lui donne un coup de poing dans l'épaule.

— Exactement. Domm, Mirelle et moi, on vient de secourir deux nouvelles femelles humaines.

Il hausse un sourcil.

— On a presque perdu notre vaisseau aussi, ajoute-t-il.

Son air suffisant m'indique toutefois que tout s'est passé sans effort. Comme d'habitude.

Je grogne.

— Peu probable. Tous les trois, vous êtes un bouclier impénétrable.

— Ce sera répété, dit-il en souriant. Je pense qu'elle est la seule femelle humaine que tu respectes un petit peu sur cette planète.

Je secoue la tête.

— Ce n'est pas que je ne respecte pas les autres, j'ai plus de mal avec ce qu'elles représentent.

— Je vais te dire ce qu'elles représentent.

Domm nous rejoint au pas de course et pose un bras sale sur les épaules de Lanz de manière fraternelle.

— *Bordix,* c'est le sexe le plus torride de la galaxie, lance-t-il. Et un bonheur domestique incontesté.

— C'est ça, oui. Vous trois, vous vous êtes presque auto-détruits.

J'avais eu la malchance d'avoir leur compagne sous ma surveillance pendant l'une de leurs missions. Elle était rapide et brillante, mais il lui manquait la concentration et l'intelligence de Kianna. Elle était plus du type guerrier.

— Mais maintenant, on est meilleurs. Ce qui ne nous tue pas nous rend plus forts. Tu devrais passer pour rencontrer les nouvelles humaines quand elles se seront acclimatées. Puisque tu as rejeté toutes les autres disponibles sur cette planète.

Lanz regarde son bracelet d'union, puis l'étendue de son vaisseau. Il cligne des yeux sous la lumière éclatante du crépuscule. Je sais qu'il cherche Mirelle, sa compagne ainsi que celle de Domm, et pendant une seconde, quelque chose se tord dans ma poitrine.

Je rejette ces émotions et secoue la tête.

— Je pense seulement que nous devrions insister plus pour retrouver des femelles zandiannes.

Cela avait toujours été mon argument. Garder notre sang pur. Mais en le disant, cette idée me semble fausse. Une Zandianne devrait sans aucun doute être unie à plusieurs mâles, comme les humaines. Il y a tout simplement trop de Zandians célibataires. Et je ne vois vraiment pas comment je pourrais partager.

Je ne vis même pas avec quelqu'un en ce moment.

Comment pourrais-je partager mon espace avec deux, trois, ou encore pire, quatre personnes ?

Lanz me lance un regard.

— Où, mon frère ? Donne-moi les coordonnées et on y va tout de suite.

La frustration monte.

— Je ne sais pas. Écoute. Je suis reconnaissant envers les femelles humaines de nous aider à court terme pour faire perdurer notre ADN et notre héritage. Mais viendra une rotation planétaire où on n'aura plus besoin d'elles.

Je hausse les épaules.

— On se portera mieux sans elles, leurs émotions incohérentes et leurs comportements imprévisibles, ajouté-je.

L'image de Kianna surgit dans mon esprit – ses taquineries incessantes et ses pressions. La manière dont elle me regarde avec ses grands yeux verts pleins d'une feinte innocence. Ses longs cheveux noirs semblant être de la soie sur ses épaules. Je dois constamment rester sur mes gardes pour ne pas me laisser séduire par ses attraits. Sa beauté, la sensualité de sa douce silhouette, l'intonation musicale de sa voix – tout cela semble des abysses pouvant m'engloutir.

— Ce n'est pas étonnant que tu sois toujours seul.

Domm se libère de l'étreinte de Lanz et me frappe plus fort que je l'avais fait avec lui, et je pense qu'il y a un peu de colère aussi.

— Il est temps pour toi d'ouvrir les yeux et de voir que la vie sur Zandia évolue. Je te suggère de suivre le mouvement.

Il lève un sourcil.

— Mirelle n'est pas seulement convenable pour être ma compagne ou la mère de ma progéniture, elle est parfaite. Je la choisirais, peu importe la rotation planétaire, même si un millier de femelles zandiannes apparaissaient.

— C'est exactement ça.

Lanz croise les bras.

— Alors, elle est différente. C'est une bonne combattante. Même si elle est trop émotive.

Domm sourit.

— Tu devrais l'être plus. Ça te ferait du bien.

La rumeur dit que les Zandians avec des femmes humaines deviennent aussi émotionnels que leurs compagnes. Je préférerais mourir plutôt que d'affronter ce destin.

Je grogne.

— Sors d'ici. Tu tombes dans le sentimentalisme.

— On se revoit plus tard pour les entraînements ?

Lanz lève les deux mains et commence à danser.

— Tu deviens faible, mon vieux. J'espère qu'en tant que vieux citoyen, tu pourras rassembler assez d'énergie pour te battre.

— Tu devras mettre des onguents de soin là où je vais te frapper, lui dis-je. Pour ce qui est de ma vieillesse, j'ai peut-être quelques cycles solaires de plus que toi. Mais je suis aussi quelques cycles plus sages.

Il grogne en me souriant. Je suis son regard et remarque ce qui a attiré son attention. Leur humaine lève la main pour saluer le groupe autour d'elle qui commence à se disperser. Lanz me donne une claque sur l'épaule.

— Bon, je suis assez sage pour savoir que la compagnie de Mirelle est meilleure que la tienne.

— Sans mentionner qu'elle est une partenaire d'entraînement plus divertissante, intervient Domm.

Ils prennent leurs affaires et partent en plaisantant et en se cherchant avec une agréable fraternité qui me rend mélancolique pendant une fraction de seconde.

Je secoue la tête. Comment deux Zandians peuvent-ils

partager la même femelle sans être en colère ou jaloux ? Jamais je ne pourrais le faire.

Je pense à eux, rentrant à la maison avec Mirelle et à ce qu'ils y feront. Ses cris, sa peau douce...

Mais en imaginant la scène, le Zandian passant à l'acte, c'est moi. Et la belle et affectueuse humaine sous mon corps ferme, celle dont les yeux s'illuminent et dont les soupirs m'anéantissent, c'est Kianna. Celle dont les fesses d'albâtre se soulèvent sous ma main est la petite femelle qui fait preuve d'insolence avec moi lors de toutes les rotations planétaires au travail. Celle que je meurs d'envie de mettre sur mes genoux pour la punir avant de la prendre jusqu'à ce que son regard se remplisse d'étoiles et qu'elle n'ait plus que mon nom sur les lèvres à jamais.

J'entrechoque mes poings. Ce genre de pensées ne m'aide pas. Bien sûr, Kianna est l'humaine la plus jolie de la planète. Et j'ai remarqué la manière dont elle me regarde, pleine de chaleur et d'espoir. Et oui, j'aimerais la ramener sous mon dôme et la faire mienne. Pour un cycle solaire ou deux.

Mais je ne veux pas de compagne terrienne. Et même si je serais satisfait en étanchant seulement mon envie d'elle, je ne peux pas être sûr qu'il en serait de même pour elle. J'ai appris que les humains se lient complètement. C'est la dernière chose dont j'ai besoin.

Je retourne à mon poste et récupère les condensateurs et les résistances. Mon roi m'a donné un ordre et je compte lui obéir. Je vais créer le système parfait pour stocker l'énergie pour qu'on puisse capturer celle, lumineuse, du solstice.

Toutefois, pendant que je code, que je travaille sur des équations pour augmenter la capacité maximale du flux et du transfert de chaleur, je pense au sourire de Kianna.

CHAPITRE DEUX

K*ianna.*

— Tu penses quoi de celle-là ?

Devant moi, mon amie Mirelle tourne en tenant contre elle une robe très fine comme si elle était faite de fil d'araignée et d'air.

Je lève mes sourcils.

— Je crois que tes compagnons et toi ne parviendrez pas au festival du Cristal. Tu resteras à la maison pendant tout le cycle solaire.

Elle rit et rougit.

— Oh, arrête.

Elle repose la robe sur le lit, la lisse du bout des doigts et arrange les manches.

— Ce sera un changement amusant plutôt que de porter ma tenue de vol, précise-t-elle.

Nos regards se rivent sur son pantalon noir et son haut ajusté accompagné d'un casque de pointe et des bottes de l'autre côté de la pièce.

— Tu es vraiment une dure à cuire. Pas étonnant que

tout le monde t'aime. Je n'arrive pas à imaginer le courage qu'il faut pour affronter le vide à tous les cycles, s'appuyant juste sur sa vivacité d'esprit pour éviter la mort à tout moment.

Je frissonne.

— Tout le monde t'aime aussi.

Elle jette un œil à son poignet.

— Waouh, s'exclame-t-elle. Regarde la vitesse à laquelle ça a guéri. Tu vois ?

J'examine la petite cicatrice blanche.

— Tu ne t'es pas fait cette coupure seulement hier ?

Je prends sa main pour rapprocher son bras. Elle ne résiste pas. Je siffle.

— C'est impressionnant, j'ajoute.

Elle acquiesce.

— Oui. C'est la nouvelle technique de soin du palais. En plus, j'ai du sang zandian en moi.

— Parce qu'un de tes compagnons t'a fait une transfusion pour te sauver la vie, c'est ça ?

Je lâche son bras. Il est fin, mais fort, musclé et ferme. Elle est vraiment extraordinaire. Peut-être que si j'étais plus comme elle, plus forte, plus intelligente ? Mykl voudrait peut-être...

— Oui. Dr Daneth fait des recherches pour voir si on pourrait utiliser ce procédé pour tous les humains, mais ils en sont au tout début. Alors je peux rester une superhéroïne pour le moment.

Elle récupère la robe et la range, avant de me regarder à nouveau.

— Tu le peux aussi, précise-t-elle.

— Je pense que tu en serais une même si tu avais du sable dans les veines. Tu es une pirate de l'air hors la loi depuis ta naissance.

Je ne peux empêcher une pointe de jalousie de transparaître dans ma voix.

— Alors que je ne peux même pas gagner le respect de mon stupide maître.

— Mykl.

Elle vient s'asseoir près de moi.

— Oui, Mykl.

Le seul fait de prononcer son nom m'excite un peu et me donne une petite poussée d'adrénaline.

— Il n'est pas facile.

— À qui le dis-tu ?

Je plisse les yeux et nous gloussons toutes les deux.

— Je pense... hésite-t-elle. J'ai remarqué la manière dont il te regarde parfois.

Elle marque une nouvelle pause.

— Il ne me regarde pas de la même manière et Amber non plus, ajoute-t-elle.

— Qu'est-ce que tu veux dire ? Comment ?

Je suis impatiente d'en entendre plus. Avide comme si on me proposait l'eau la plus pure et que j'étais morte de soif. Elle retrousse les lèvres.

— Alors. Parfois, il garde les yeux sur toi pendant un bon moment, quelques secondes de plus qu'il ne le ferait avec quelqu'un d'autre. Et ils ont une intensité différente aussi.

— Ça pourrait venir du fait qu'il me déteste.

Elle secoue la tête.

— Je ne pense pas. C'est plus comme s'il voulait te manger toute crue. Te dévorer. Te tuer, mais dans le bon sens du terme.

Je grimace.

— D'accord. Je dirais plus de la manière traditionnelle par contre.

— Tu l'agaces tellement. C'est comme s'il t'avait dans la peau.

— Non, il n'aime seulement pas être taquiné.

Elle lève un sourcil.

— Principalement par toi. Et il se tient toujours très près de toi quand vous vous disputez. Plus qu'on ne le fait en général. Je crois que ça veut dire quelque chose.

— Ça signifie que je suis difficile et qu'il doit être proche pour me le dire.

J'ai remarqué toutes les choses qu'elle a mentionnées. Je préfère ne présumer de rien de peur d'avoir le cœur brisé.

— Je pense qu'il aimerait te parler de son gros sexe de Zandian.

Elle tire la langue. Je laisse échapper un petit cri de ravissement.

— Par la Terre, non ! Pas du tout.

— J'en mettrais ma main à couper.

— Non.

Je me lève.

— Alors que font les humains pour se préparer pour le festival ?

— Le comité responsable des décorations a demandé si tu pouvais les aider.

Elle se dirige vers son placard de nourriture.

— Tu veux des baies ? propose-t-elle.

— S'il te plaît. Ça pourrait être amusant.

Je la rejoins à table où elle sort également des tubes de fluides.

— Toute la ville va être transformée en paradis de cristal, poursuit-elle, la voix pleine de révérence. On aura des lanternes et des cristaux partout. Toute la capitale va étinceler de lumière et d'amour.

— Des rubans aussi ?

— Oui, fabriqués avec de la soie d'araignée.

Elle laisse ses baies pour prendre son communicateur et me montre des images.

— Regarde ces visuels d'Esalyn. La rue principale va ressembler à ça.

— Oh, par la Terre, murmuré-je. Je… n'ai jamais rien vu de pareil.

L'humaine avait habilement dessiné une restitution de la place, et la manière dont elle l'avait parée de cristal, de tissus flottants et de lanternes brillantes faisait chanter mon âme.

— Ce n'est pas encore le festival et je suis déjà heureuse.

— C'est pourquoi c'est si fort.

Mirelle tend le bras de l'autre côté de la table pour me prendre la main.

— L'énergie dans l'air est déjà plus forte et le soleil s'approche du zénith. Le solstice est seulement le point culminant. Tous les êtres vivants, pas juste les Zandians, sentent cette énergie, explique-t-elle.

Une sensation de malaise s'insinue en moi. Je retire ma main de la sienne.

— Mais toute cette insistance sur la sélection de partenaires… Ça aura une place importante cette fois-ci.

— Eh bien…

Elle ne croise pas mon regard. Elle s'occupe avec des baies qu'elle arrange sur une assiette avec une sorte de crème appétissante.

— Ce n'est pas obligatoire, Kee. Mais oui, le roi veut que tous les êtres célibataires de la planète fassent un réel effort pour choisir. S'ils le peuvent. Tu sais qu'il ne force jamais la main.

J'acquiesce.

— Je suis ici depuis tout un cycle solaire et je suis toujours sans compagnon. Et je me sens coupable.

Mirelle pousse les baies dans ma direction.

— Je sais que tu as un faible pour Mykl. Mais si ça ne fonctionne pas... Il y a ces deux guerriers qui t'aiment bien. Arc et Bow. Ils sont mignons. Tu ne trouves pas ?

Je hausse les épaules. Pour être franche, les grands et farouches Zandians sont, objectivement, parmi les mâles les plus sexy de cette planète. J'ai de la chance que des êtres aussi forts, beaux et accomplis me désirent, je le sais. Mais j'ai du mal à être enthousiaste à l'idée de me lier à eux. Je ne parviens pas à m'imaginer avec un, sans parler des deux.

— Et si tu passais seulement un peu de temps avec eux ? Juste pour voir ?

— Pourquoi pas, dis-je sans grand engouement. C'est un ordre du roi ou quelque chose du genre ?

— Premièrement, je ne suis pas sa messagère. D'autres personnes se chargent de ça. Deuxièmement, je ne viens pas tout juste de te dire qu'il ne forçait pas les gens à se mettre en couple ?

Mirelle lève les yeux au ciel.

— Je pense juste que j'abuse de leur hospitalité si je ne m'unis pas avec quelqu'un. Je veux dire, toutes les femmes trouvent quelqu'un tout de suite. Ça me prend trop de temps.

Mirelle me regarde et il y a de la compassion dans ses yeux.

— J'espère que ça va fonctionner avec Mykl. Et c'est amusant de parler de lui. Mais si jamais ça ne marche pas, tu vas devoir passer à autre chose. Choisis quelqu'un d'autre. Ce sera mieux pour toi aussi.

Je sens la colère monter en moi.

— Oui, tu crois ? Merci de me l'apprendre.

Devant la douleur dans ses yeux, je soupire.

— Je suis désolée. Je ne voulais pas que ça sorte de cette manière. Je suis à cran. Pardonne-moi.

— Ne t'en fais pas.

Elle sourit.

— Passe seulement... un peu de temps avec eux. D'accord ? Je vais organiser quelque chose avec mes compagnons. Pour qu'on soit tous ensemble. Sans pression. Tu veux bien ?

Un long silence s'installe.

— Je souhaite simplement te voir heureuse, Kianna. Tu sais, tellement de couples ou de trio sur Zandia ont fini par s'aimer alors qu'ils ne s'appréciaient pas au départ. Parfois, quand on passe du temps avec eux, c'est à ce moment qu'il y a une étincelle. Donne-toi une chance.

— D'accord. Arrange ça.

Je déglutis.

— Je vais leur reparler pour voir, mais je ne fais pas de promesses.

Elle sourit de toutes ses dents avec enthousiasme.

— Super ! Ça va être amusant. J'en suis convaincue.

***

K*ianna.*

J*e ne m'amuse pas.*

— Tu es ravissante.

Arc baisse brièvement la tête. J'aperçois une flamme dans ses yeux qui deviennent violets.

— Merci.

Mes joues rougissent. Ils sont tous les deux devant moi, Arc et Bow.

Ce dernier sourit.

— On est honoré de t'accompagner à la cérémonie d'exposition du cristal.

Il me propose son bras. Quand je le prends, Arc se saisit du second.

Ça ne devrait pas être une épreuve d'avoir deux des plus beaux mâles célibataires de Zandia à mes côtés, mais plutôt que de me concentrer sur les deux êtres près de moi, je regarde la grotte de la chute Royale et ses alentours pour voir qui est présent. Et qui ne l'est pas.

— C'est un des endroits les plus charmants et les plus sacrés de Zandia, celui même où aura lieu l'épicentre du solstice à venir.

Bow agit comme s'il était un guide touristique et j'étouffe mon irritation parce que je sais déjà tout ça.

— Oui, je sais.

Je lui souris.

Arc poursuit, comme si je n'avais rien dit, prenant parfaitement la relève de son ami.

— Au cours de cette rotation, le soleil va frapper tous les rebords de cette formation cristalline au-dessus de l'ouverture de la plus grande caverne, projetant partiellement la lumière dans les grottes, ce qui éclairera les sculptures anciennes sur les murs.

— Effectivement.

Je me mordille la lèvre. Je regarde encore une fois autour de moi. Arc a une mâchoire ciselée et des bras fortement musclés, mais par la Terre... il est à mourir d'ennui.

Les choses dont il me parle me fascinent par contre. Dans quelques cycles planétaires, le soleil rayonnera directement au travers des cristaux et l'éclat qui en résultera sera diffracté et diffusé le long du réseau à travers toutes les cavernes et tout Zandia.

Je ne comprends pas le phénomène physique et je ne suis pas sûre que nos scientifiques le peuvent non plus. Tout ce que l'on sait, c'est que ça arrive une fois par cycle solaire quand l'astre frappe le cristal principal. Toute la planète est baignée d'une lumière puissante et guérisseuse. Nous allons vivre le millième anniversaire et la lumière sera particulièrement influente.

— Kianna. Prenons place devant.

Mirelle approche avec ses deux compagnons derrière elle. Elle me donne une accolade rapide.

Soulagée de la voir, je la serre un peu.

— C'est pour ça qu'on est venus tôt, non ?

Je souris à la façon dont ses deux redoutables guerriers la laissent les guider. Quand j'aperçois l'expression sur leurs visages, éperdument amoureux, je lève les yeux au ciel et souris. Je me mordille la lèvre. Regarde les alentours encore une fois.

— Tu cherches quelqu'un ?

Arc soulève un sourcil.

— Je peux faire venir n'importe qui, si tu le souhaites.

Il tape le bracelet à son poignet.

— Non. Merci. J'examine seulement la foule.

— Il y a tellement de monde ici. C'est fou.

Arc pose un bras sur mes épaules, légèrement, mais ce contact délibéré me rend nerveuse.

Je sens un regard sur moi, j'espère que c'est...

— Oh, salut, Cressa.

Je plisse le nez.

Je ne la connais pas bien, mais Cressa est nouvelle à Zandia. Elle était quelques années plus jeune que moi, et elle travaille dans le service médical avec le Dr Daneth pour apprendre à devenir médecin.

— Oh. Kianna.

Sa voix était monotone, comme la mienne. Je remarque qu'elle est habillée comme si elle allait assister à un couronnement – sa robe lui va parfaitement, elle est même plus sophistiquée que celle de Mireille. Elle est si jolie – sa peau est sans imperfection, elle a des yeux si grands et si clairs qu'ils semblent surnaturels. Ses cheveux sont un tumulte de boucles blondes, rousses et brunes mélangées. Une combinaison rare.

Elle contemple Arc et Bow de chaque côté de moi et son visage se tend.

— Arc. Bow.

Elle hoche la tête.

Quand elle reste sur place, je réalise que je vais devoir faire la conversation.

— Alors, Cressa. Comment ça se passe dans le monde médical ?

— Bien.

Elle cligne des yeux en me regardant.

— Euh, génial.

Je jette un œil vers Mirelle, mais elle a filé pour parler avec quelqu'un d'autre. Son rire léger me parvient. Je tape du pied.

— Tu fais quoi de beau ces derniers cycles ?

Elle déglutit.

Pourquoi prend-elle la peine de faire la conversation ? C'est pour le moins étrange.

— Euh, des choses. Des capteurs de banque solaire, des trucs comme ça.

Je hoche la tête plus longtemps que nécessaire.

Quand elle ne répond pas, je poursuis :

— Je pense qu'on va y aller...

À ce moment-là, elle se tourne vers Arc avec un sourire.

— Arc ! J'ai entendu dire que tu allais passer lieutenant le mois prochain. Je voulais te souhaiter bonne chance.

— Merci, Cressa.

Arc retire son bras de mon épaule pour faire un pas en avant. Il est si poli. Je devrais vraiment essayer de l'apprécier plus.

— Je suis la plus jeune recrue de tous les temps, mais je travaille d'arrache-pied et je suis confiant, je peux y arriver.

— La manière dont tu as géré le raid sur Xeres 7 était impressionnante. S'ils consultent ce dossier, je dirais que c'est dans la poche.

Elle sautille un peu et son sourire illumine son visage.

J'essaie de ne pas faire la grimace. Les batailles ne sont pas vraiment ma tasse de thé. J'ignorais même qu'Arc cherchait à voir une promotion – bien qu'on n'ait pas passé beaucoup de temps à parler dernièrement.

— Tu as su pour cet affrontement ?

Bow avance aussi vers Cressa. Elle rougit.

— Oh, enfin, oui. En effet. Je trouve ça fascinant. En tout cas, c'est important pour moi d'apprendre l'histoire des combats puisque je me concentre sur de nouvelles techniques pour soigner les blessures de guerre.

Je sens à nouveau un regard sur moi, et cette fois je suis convaincue que c'est Mykl. Je me tourne et l'aperçois. Il me toise à travers ses paupières plissées, comme s'il était mécontent de me voir avec Arc et Bow. Se pourrait-il qu'il soit jaloux ?

Je commence à être heureuse qu'il le soit. Puis je suis terrifiée. Il m'apprécie à peine. Il n'est pas le genre de Zandian à me faire la cour si les choses sont encore *plus* difficiles.

Arc et Bow sont toujours engagés dans une conversation polie avec Cressa.

— Excusez-moi une minute, murmuré-je en touchant le bras de Bow. Je reviens tout de suite – je vais seulement bavarder avec un, euh, un ami. Une personne. Quelqu'un.

Je file entre leurs corps musclés.

Mais Mykl a disparu. Je regarde les alentours frénétiquement, j'essaie de le localiser, mais à travers la masse grandissante, je ne parviens pas à voir où il est parti.

— *Bordix*, juré-je.

Comme mes amies humaines, j'ai adopté certains mots zandians dans le dialecte Ocretian que nous parlons tous.

Puis j'aperçois sa cape sur ma gauche, loin de la foule, derrière un arbre. Je me dirige par-là, et je le découvre dans un coin isolé. C'est étrange de trouver de l'intimité dans un tel rassemblement.

— Mykl. Bonsoir.

Je suis un peu haletante. Il fronce les sourcils en me regardant.

— Où sont tes jeunes guerriers ?

Est-il jaloux ? De l'espoir – chose dangereuse – vacille dans ma poitrine.

— Je les ai laissés quand je t'ai repéré.

La dureté de son visage s'adoucit un instant.

— C'est bon de te voir ici.

— En effet.

Il a déjà relevé ses barrières. Il me lance un air méfiant, comme si mon corps était une arme sur le point de se déclencher d'une minute à l'autre pour le faire prisonnier.

— Tu es venu avec quelqu'un ?

Je regarde autour de nous, mais je suis presque sûre qu'il est seul. Comme d'habitude.

— On est ici avec un millier d'autres êtres vivants, non ?

Tu as certainement des yeux. Même les humains peuvent entreprendre une estimation raisonnable d'une foule, je pense.

Je suis habituée à ses réponses cinglantes, alors j'ignore la pique.

— Les humaines peuvent entreprendre beaucoup de choses.

Mon intonation est un peu sulfureuse et quelque chose s'embrase dans son regard.

Un muscle tressaille dans sa joue et il me scrute des pieds à la tête. Je porte un pantalon ajusté qui met en valeur mes jambes et mes fesses – et je ne vais pas me vanter, mais seulement rester honnête, il est plutôt pas mal. Et un haut zandian très fin et léger. Il se colle à mes seins et mes courbes sous la brise.

— Tu es impressionnant.

Je remarque qu'il a revêtu un accoutrement traditionnel zandian : une tunique et un pantalon blanc.

— Tu sembles être pratiquement nue.

Nous sommes tous les deux surpris à ses paroles.

— J'espère que tu n'as pas prévu de porter quelque chose comme ça au boulot.

Il serre les mains devant lui. Il couvre peut-être son intérêt ?

Je me faufile plus près, regardant le muscle tressauter sur sa joue.

Il paraît si désintéressé. Je pense qu'il proteste trop fort.

— Je suis d'accord. Je devrais être encore moins vêtue, parce qu'avec les bras nus, je pourrais travailler plus efficacement. Peut-être un maillot de bain ?

— Ce n'est pas ce que je voulais dire.

D'une certaine manière, nous sommes proches. Très

proches. Je sens son souffle chaud sur ma joue et mon cœur bat deux fois plus vite.

— Oh, alors peut-être que je devrais obtenir un des costumes que les femmes portent sur Ralia. Cachant complètement le corps avec seulement une fente pour les yeux.

— Ce serait mieux si tu masquais tes répliques impertinentes, avance-t-il.

— Je pense que tu aimes ma bouche.

Je murmure, mais il m'entend.

Son regard atterrit sur mes lèvres avant de remonter. Il serre la mâchoire.

— Tu te méprends totalement.

Il semble froid, mais oh, ce regard... Il pourrait embraser une forêt.

— Alors, éclaire-moi. Parce que sinon je vais devoir attendre plusieurs longs cycles solaires pour atteindre l'illumination.

J'indique les cavernes aux cristaux.

— Et le plus tôt serait le mieux, non ?

— Ha, Kianna, grogne-t-il en se penchant.

Il est si près qu'il est pratiquement contre moi. Je pourrais dire que c'est à cause de la foule grandissante qui nous pousse de tous les côtés. Je pourrais avancer qu'on a été jetés l'un contre l'autre sous les courants ondulants de cette masse bouillonnant de vie. Mais nous sommes toujours seuls dans cette petite grotte. La vérité est que je suis ici parce que je ne voudrais être nulle part ailleurs. Et je pourrais jurer, juste à son regard, qu'il ressent la même chose.

Un sifflement collectif et un soupir d'appréciation se font entendre quand le soleil frappe le bord du cristal. La lumière est si brillante – il est facile d'imaginer que la prochaine fois que les rayons rencontreront ce cristal, ils embraseront toute la planète.

Et quand ils s'étendent sur nous tous, je ne peux résister. Je me mets sur la pointe des pieds et je pose mes lèvres sur les siennes une fraction de seconde.

— *Bordix*, Kianna, marmonne-t-il contre mes lèvres. Qu'est-ce que tu fais ?

Puis il s'empare de ma bouche, m'embrassant comme si sa vie en dépendait.

Je suis prise dans l'instant présent. Je n'ai jamais ressenti ça. Je n'avais jamais embrassé qui que ce soit auparavant, mais c'est comme si je savais quoi faire. Le corps de Mykl et ses mains s'accordent avec les miens sans effort. Il passe un bras sur ma taille, l'autre se place sur ma nuque pour m'attirer vers lui. Ses hanches s'appuient contre moi et son sexe s'enfonce dans mon ventre, si fort que je prends une inspiration et gémis doucement, à bout de souffle.

Il grogne et me mordille la lèvre, puis il glisse sa langue dans ma bouche, joue avec moi. Je suis prête à me pâmer contre lui, mais ses bras forts me soutiennent.

Je ressens un bonheur effervescent. Électrique. La lumière est comme la caresse d'un amant, touchant mes cheveux, mes joues et mes paupières. Puis il y a Mykl, avec une véritable étreinte. Je peux à peine supporter les deux sensations en simultané. Un besoin grandissant en moi me pousse à me blottir encore plus contre lui, tâchant de soulager ce désir.

Soudain, j'entends quelqu'un murmurer. Ça ressemblait à quelque chose comme *Tu vois ça ?* L'intonation rend évident qu'elle parle de Mykl et moi et pas de la lueur du cristal.

Merde. D'autres personnes sont entrées dans la grotte.

Mykl s'éloigne de moi. Pendant une seconde, on ne fait

que respirer, plus difficilement que d'habitude, avant qu'il détourne le regard.

— Kianna... c'était une erreur. Je suis ton maître, pas ton compagnon. Ça ne se reproduira pas.

Il passe une main sur sa bouche.

— Mais je...

Je suis toujours haletante et hypnotisée par son parfum, son contact.

Il prend mon bras et me tient en place tout en reculant. Je n'ai jamais vu de cornes aussi épaisses, si inclinées vers l'avant, comme si elles cherchaient à m'atteindre.

— C'était un... moment d'égarement.

— Un moment d'égarement ?

— Si tu ne sais pas ce que ça veut dire, je te conseille de consulter un dictionnaire. Je pensais que les humains avaient une plus grande capacité à absorber la connaissance.

Et voilà. Les répliques tranchantes habituelles. Il croise les bras. Il semble étonnamment mal à l'aise.

— Et je ne suis pas certain que tes futurs compagnons apprécient que tu embrasses un autre Zandian. Ce n'est pas honorable.

Il crache le mot, comme si mon manque d'honneur était la preuve que je n'étais pas digne d'estime.

Oh, puis merde.

— Ce n'est pas juste. Tu m'as embrassée en retour. Tu as aimé.

J'élève la voix.

— Peut-être, mais ça ne peut pas se reproduire. Va rejoindre tes jeunes guerriers, Kianna.

Il fronce les sourcils encore plus qu'à l'accoutumée.

— Et si je ne les veux pas ? lâché-je.

Encore une fois, je jure voir quelque chose vaciller dans son expression. Est-ce du soulagement ?

Nous nous dévisageons pendant un long moment. Ses narines se dilatent, un muscle tressaute dans sa mâchoire. Mais il enfonce le couteau et le tourne.

— Trouve de nouveaux soupirants. Mais ce ne sera pas moi, Kianna. Ce ne peut *pas* être moi.

Il semble soudain fatigué. Je prends une inspiration. C'est une chose de le savoir. Une autre de l'entendre.

— Pourquoi ? Tu penses que je ne suis pas assez bien ?

J'appuie sur la plaie, mais je dois comprendre.

Des regrets vacillent dans son regard quand il détourne les yeux.

— Si je me mets avec quelqu'un, ce serait une Zandianne de sang pur, avoue-t-il à voix basse. Ou personne.

Je secoue la tête.

— Tu es vraiment un connard.

Il m'examine.

— Ne me tente plus jamais. Et ne t'habille jamais comme ça pour le travail. Tu dois te comporter d'une manière professionnelle.

Me comporter ? Va te faire voir, Maître.

Il se retourne et s'éloigne, se faufilant facilement à travers la foule, me plantant là – entouré par des centaines d'êtres heureux, et complètement seule.

Des larmes me montent aux yeux. Je les essuie. Je jure.

Certains me lancent des regards curieux. On avait été vu, c'était évident.

Oh, par la Terre, que penseront Arc et Bow quand ils le découvriront ? Ils vont s'imaginer que je suis une humaine débauchée et ils ne voudront peut-être plus de moi. Ils vont commencer à courtiser une autre femme.

Je sais que je devrais m'en faire pour ça, mais une légèreté enivrante s'empare de moi.

Puis la culpabilité revint. Je regarde autour de moi, tous ces êtres incroyables. De forts guerriers aux teintes violettes, grands et musclés, avec des cornes. Des yeux brillants de fierté. Et les humaines plus petites et douces, dont les rires et les exclamations sont comme la colle qui nous lie ensemble. Je vois des petits métis, certains marchant avec leurs parents, d'autres dans les bras – des combinaisons magnifiques des deux espèces.

Je contemple l'avenir. Un que je n'ai pas encore complètement embrassé.

J'inspire profondément. Quand j'aperçois Arc et Bow approcher, avec Cressa à leurs côtés, parlant à toute vitesse comme si ses mots pouvaient avoir la puissance d'un jet, je me redresse.

Je dois à Zandia de réellement essayer.

Alors quand ils me rejoignent et me donnent leurs mains, je les prends. Je me force à sourire et il me semble aussi faux que celui de Cressa. Pourquoi cette humaine ne m'apprécie-t-elle pas ? Je ne le sais pas – et je m'en moque. J'ai de plus gros problèmes.

— La lumière est magnifique.

Cette partie est vraie.

— En effet.

Arc serre mes doigts. Bow et lui échangent un regard débordant de sous-entendus. Je suis intriguée par leur communication muette, même si ça me met également mal à l'aise. Je ne partage pas leur lien spécial et je me sens comme une enfant laissée sur la touche.

Cressa scrute le sol. Son babillage plein de vitalité a disparu. Je remarque que le rebord de sa jolie robe légère est déchiré, comme si on avait marché dessus dans l'exubérance de l'observation des cristaux. Elle semble si démunie que pendant une seconde, j'ai envie de la serrer dans mes bras pour lui dire que peu importe ce qui la tracasse, tout se passera bien.

Elle renifle avant de lever la tête. Elle sourit.

— Bon, je crois que je vais vous... laisser. Tous les trois.

Elle relève le menton.

— On se voit plus tard, je suppose, Kianna.

— Bien sûr, d'accord, Cressa. À bientôt.

J'ai hâte qu'elle parte et j'ai aussi peur du vide que son départ va causer. Si elle n'est pas là pour remplir l'espace avec Arc et Bow avec son flot incessant de paroles, je vais devoir leur parler.

Que vais-je dire ?

De l'autre côté de la grande place, je le sens. Mykl. Je sais que ça semble fou, mais ce baiser... C'est comme s'il avait renforcé le lien entre nous, même s'il m'avait repoussé. Je jette un œil dans sa direction et il ne détourne pas les siens. Les secondes s'étirent et tout devient silencieux. Tout ce que j'entends est la puissance de son regard.

Mais il finit par couper le contact, se retourne et quitte mon champ de vision.

Je me dégonfle.

Arc montre sa curiosité.

— Tout va bien ?

Je prends une inspiration.

— Ça va. Je suis affectée par l'énergie ici.

Ce n'est pas un mensonge. Mais il s'agit de celle de Mykl, pas seulement celle des cristaux.

— Nous aussi.

Bow parle pour eux deux.

— Nous avons le sentiment que le moment est parfait pour discuter de notre avenir, ajoute-t-il.

La foule ne se disperse pas. Même si le pic de lumière est terminé, tout le monde semble désirer s'attarder sur l'épicentre. Ils évoquent l'événement à venir.

— On peut aller dans un endroit plus intime ? propose Arc en me prenant la main. C'est bruyant ici. Sauf si tu veux rester et profiter des lumières encore un peu ?

— Bien sûr. On peut partir.

Je me force à sourire. Il est vraiment attentionné. Loin de Mykl.

— On aimerait te montrer un truc. C'est quelque chose...

Arc semble enthousiasmé, et Bow termine sa phrase :

— Qu'on a créé récemment quand on parlait de l'avenir. C'est excitant.

Je lève un sourcil, légèrement horrifiée. Mâchent-ils aussi la nourriture de l'autre ? Ou se tiennent-ils mutuellement le sexe quand ils vont uriner ?

Je ricane, j'ai envie de partager cette affreuse blague inappropriée avec quelqu'un. Mirelle peut-être. Bien sûr, elle a deux compagnons. Mais elle comprendra ce que je veux dire. Je ne pense pas qu'avoir deux partenaires soit étrange pour tout le monde. Seulement pour *moi*. Je pense aussi que Mykl ricanerait, il me réprimanderait, mais il rirait. Il aime mes commentaires grossiers, j'en suis presque certaine. Je pourrais jurer qu'il apprécie l'humour maintenant, parce que je le taquine tellement souvent – il a un tempérament plus léger que quand je l'ai rencontré.

Je hoche simplement la tête.

— J'aime les choses excitantes.

Je n'aurais pas pu paraître plus stupide, mais ils acquiescent tous les deux également, puis ils me guident vers leur aéroglisseur personnel.

J'ai cette vision horrible de l'avenir. Nous trois, assis près d'un dôme, acquiesçant, pendant qu'ils se tiennent la main.

Je croise les bras et regarde le paysage qui passe à toute vitesse. Des immeubles, grands et imposants – faits en un métal brillant et de verre, même s'il reste quelques décombres ici et là, abandonnés après la dévastation que les Finns avaient laissé derrière eux. Des parcelles comportant de superbes arbres et des panoramas. Dans l'ensemble, la lumière, légèrement rosée à cette heure du jour, prête une nouvelle beauté à tout ce que je vois. Elle touche chaque pierre brisée et brin d'herbe d'un baiser et d'une promesse.

Je ne peux me sortir de la tête celui échangé avec Mykl et les dures paroles qui ont suivi. Pourquoi nourrir une telle rancune envers les humains ? Ou ça ne concerne que moi ?

Je soupire.

— Qu'est-ce qui ne va pas ?

Arc est perspicace. Ou simplement normal. J'agis certainement comme si tout mon univers s'écroulait autour de moi.

— Je songe seulement à l'avenir.

— On y pense tout le temps, intervient Bow pendant qu'Arc sourit. Et à comment te demander de le partager avec nous.

Un muscle tressaute sur sa joue. Est-il nerveux ?

— On voudrait te montrer notre maison. Elle est neuve.

L'aéroglisseur s'arrête, tout en douceur, devant un nouveau bâtiment. De l'acier courbé forme un toit alvéolé et il y a énormément de vitres.

— Oh, elle est belle.

Malgré mon désordre intérieur, cet endroit est magnifique.

— Regarde toute la lumière qui entre ! C'est comme si on vivait sous le soleil. Sans qu'il fasse trop chaud.

Elle est parfaitement agencée, et la vue – de la ville et de la silhouette des montagnes violettes au loin, est phénoménale.

— Waouh. Vous avez construit ça ?

— Avec de l'aide. On désire le meilleur pour notre famille.

Arc me prend la main.

— On voulait être ici, sous le soleil quand on te donnera nos cristaux. Parler de notre avenir, explique-t-il.

Je me mordille la lèvre.

— Parce qu'on t'a fait une promesse, ajoute Bow. Une proposition. Et les Zandians ne reviennent jamais sur leur parole.

— Ce n'est pas honorable, opine Arc. Quand on annonce quelque chose, on va jusqu'au bout.

J'acquiesce.

— Bien sûr. L'honneur zandian.

Les épaules d'Arc paraissent tendues. Est-il inquiet que je manque à mon engagement ? En fait, je n'ai jamais réellement accepté. Seulement... Je n'ai jamais refusé non plus. Et pour eux, c'est comme si je leur avais dit oui, je m'en rends compte maintenant.

Bow détourne le regard, serre un poing avant de revenir vers moi avec un sourire qui semble forcé.

— Alors, Kianna, tu en penses quoi ?

— Je crois qu'une famille pourrait être heureuse ici.

Arc inspire profondément. Il hésite quelques secondes avant de me prendre la main.

— Je peux t'embrasser ?

Comme c'est étrange.

— Hmm, oui, bien sûr.

Je m'éclaircis la gorge. J'essaie de rassembler un petit peu d'excitation à cette perspective.

— Bien. Alors je vais le faire.

— Très bien.

Je hoche la tête et il en fait de même.

— D'accord.

Merde, encore des hochements de tête.

Il se racle également la gorge.

Je ferme les yeux et attends. J'ai les muscles tendus et les orteils crispés. Comme si je partais au combat.

Quand ses lèvres touchent les miennes, je lance un petit cri. Mon dos est tellement contracté qu'il me fait mal.

Puis je me détends sous son contact.

— Tout va bien, murmure-t-il.

Il embrasse mon cou, la ligne de ma mâchoire.

Malgré ma confusion, mon corps commence à réagir. Je soupire et relâche la crispation de mes membres. Avec hésitation, je tends la main et pose mes doigts sur son bras ferme.

— Touche-moi, chuchote-t-il.

Sa voix est plus rauque maintenant.

Je le serre – ses muscles sont comme du roc. Du fer. C'est agréable.

Je crie à nouveau quand Bow se joint à nous et referme ses bras autour de moi, puis je m'adoucis. Je m'autorise à me détendre contre lui.

— Oui, c'est ça, murmure-t-il.

— Laisse-nous prendre soin de toi.

La voix d'Arc est presque identique. Comme s'ils étaient jumeaux.

— Hmm.

Tant que je garde les yeux clos, c'est... agréable. Ils sont forts et sexy après tout. La façon dont Arc mordille mon cou me donne de délicieux petits pics d'adrénaline.

Oui, je pourrais le faire.

Je me love contre Bow pendant une seconde et je sens son excitation. Savoir que ces deux puissants guerriers m'apprécient, me désirent – c'est un sentiment enivrant. Je repose la tête sur l'épaule ferme de Bow, je respire son odeur, et quand Arc se blottit un peu plus, je suis coincée entre leurs deux corps mais je ne me débats pas. J'embrasse Arc en retour lorsqu'il s'abaisse pour me donner un baiser.

Mais lorsque la main de Bow se faufile et trouve mon sein, je me fige.

Ils s'arrêtent aussi, naturellement – ils sont si attentionnés. Pendant une seconde, on se retrouve tous les trois paralysés sur place comme une statue étrange.

Je grogne un peu, puis ils s'éloignent d'un petit mouvement de hanches et me relâchent. Immédiatement.

— On est peut-être allé trop vite.

J'essuie ma bouche. Ce geste me rappelle Mykl dans la grotte plus tôt. Puis, à ma plus grande horreur, j'éclate en pleurs. Des sanglots me font tressauter.

— Kianna !

La voix d'Arc est alarmée. Inquiète.

Il tend la main et la retire quand je tressaille.

Je sèche le flot de mes larmes. Je commence à rire en même temps.

— Je suis désolée. Je suis, hmm, submergée. Vous savez, les émotions humaines.

Je marque une pause.

— Je devrais probablement partir.

— Bien sûr.

Ils échangent un autre regard, penchent la tête. Leur putain de langage secret.

Je me sens aussi seule que quand Mykl m'a abandonnée et j'ai envie de me retrouver dans mon dortoir. J'ai besoin de faire le point sur certaines choses.

— Laisse-nous simplement te montrer...

— Les cristaux qu'on a choisis.

Mes tripes se nouent. Une boîte apparaît avant que je puisse dire non. Lorsqu'ils l'ouvrent, je reste bouche bée devant les jolis bouts de perfection qui étincellent sous mes yeux. De petits orbes magnifiques qui – si je dis oui – vont décorer mes seins. Mes oreilles. Mon nombril.

Je pose une main sur mon ventre et recule d'un pas.

J'ignore pourquoi j'ai envie de vomir.

— Ils sont superbes, acquiescé-je.

— On les a choisis pour toi.

Lequel des deux a parlé, je ne saurais le dire, mais je dois partir. Tout de suite.

— J'adorerais les revoir, mais plus tard. Je ne me sens pas bien.

— On va te raccompagner à ton dortoir. Et à l'avenir, quand tu iras mieux, on abordera les détails.

— Bien sûr.

Je parle automatiquement.

Leurs gestes sont un peu mécaniques quand ils me poussent vers leur aéroglisseur. Personne ne dit un mot pendant qu'on traverse la ville vers les dortoirs que les Zandians ont créés pour les humaines sans partenaire. Aucun Terrien ne peut vivre seul sans un parrain pour s'assurer qu'on s'intègre bien à leur société. C'est simple, mais c'est vingt fois mieux que ce que j'avais en tant qu'esclave sur Ocretia, alors je l'adore. Notre marraine, Octavia, est une charmante Zandianne qui ne se trouvait pas sur la planète lors de l'invasion des Finniens.

— Au revoir.

Je file rapidement pour éviter des baisers d'au revoir et je cours à l'intérieur avant qu'ils puissent évoquer la possibilité de me raccompagner.

Je ferme la porte de ma chambre derrière moi, soulagée de ne pas avoir croisé Octavia ou des amis sur le chemin. Je me jette sur ma couchette stationnaire et je m'enveloppe dans une couverture finement tissée. Je m'attends à pleurer, mais les larmes ne me viennent pas. Je préfère me vider l'esprit et me rappeler combien j'ai de la chance d'être sur cette planète, dans cette situation.

Des souvenirs me reviennent.

Je suis dans un champ, avec quelqu'un de grand, beaucoup plus que moi. J'atteins à peine sa taille. Je tends le bras vers le ciel. Sa main me donne une sensation de sécurité. Autour de nous, l'herbe sèche et jaune est balayée par le vent, et le bruit – comme celui d'une chute d'eau – me traverse de part en part. Le champ s'étend dans toutes les directions et l'herbe est presque aussi haute que moi. J'ai un sentiment d'infinité. En cet instant, je me sens tellement en sécurité, puissante et protégée.

Je prends une grande inspiration et j'adopte la façon de respirer que j'ai développée pour poursuivre ce souvenir. Je me vide la tête, puis je me concentre sur l'étoile zandianne, je me baigne dans sa lumière. Je respire un long moment, observant le soleil. J'existe simplement. Puis je suis prête – mon esprit le sait – je laisse le souvenir ressurgir, et j'envoie les rayons jouer avec ses abords pour qu'il puisse me revenir.

C'est comme une image dans ma tête, un hologramme. C'est très vivace. Je respire l'air, sens le vent. La main de la femme. Le souvenir avance, me dévoilant des morceaux qui étaient cachés plus tôt.

— Cours, me dit-elle.

Je ne connais plus son langage, mais je sais ce qu'elle dit.

— Cours aussi vite que tu le peux. Sens le vent. Le monde. Ils font partie de toi.

Elle prononce mon nom, ce n'est pas celui que j'ai maintenant.

Et je lui obéis. Je cours, et elle se joint à moi. Nous rions sans fin, faisant la course contre le vent, pendant que l'herbe est balayée devant nous, honorant notre joie.

— Si tu cours assez vite, tu peux voler.

Et on le fait. On vole ensemble, main dans la main, nos pieds touchent toujours le sol, mais nos cœurs sont dans le bleu du ciel au-dessus de nos têtes. On vole et vole. Mon cœur est rempli de joie.

La mémoire peut être trompeuse. Si on essaie trop, si on déchire les parties cachées dans le brouillard, ils s'effacent et on les perd à jamais. Il faut laisser le souvenir glisser comme les lueurs du crépuscule, seulement regarder, pas diriger. Lui permettre de nous caresser et parfois la lumière va vers ses coins dissimulés pour les éclairer. Vous révélant de nouveaux secrets qui avaient été scellés depuis si longtemps.

Aujourd'hui, rien de neuf ne me vient – pas son visage ni son nom. Ni l'endroit où on était ou pourquoi on était aussi libres. Mais j'aime ce souvenir quand même, parce que je me remémore ce sentiment de pure joie. Je crois que je pourrais la ressentir à nouveau.

J'ignore si je pourrais être avec Arc et Bow.

Mais jamais je ne serai avec Mykl.

Je ne sais pas quoi faire. Alors je me tourne et me retourne. Le sommeil m'échappe, heure après heure.

Tout ce dont je suis convaincue c'est que quelque chose chez Mykl résonne en moi, comme l'herbe dans ce champ m'appelle. Je ne veux pas abandonner. Pas encore.

CHAPITRE TROIS

M*ykl*

Aujourd'hui, elle porte un pantalon encore plus serré que le précédent. Celui qu'elle avait le soir du festival du cristal, quand on... *bordix*.

Il a été peint ? Elle l'a revêtu pour me contrarier. Elle est certainement en colère pour le baiser. Elle essaie de me provoquer. Mon envie de la punir est aussi grande et ferme que mon sexe se dressant le long de ma jambe. Je dois me détourner pour me ressaisir. Comment Kianna peut-elle devenir plus attirante avec chaque rotation planétaire ?

— Salut, Mykl.

Elle arrive vers moi en se déhanchant, sa voix est à la fois mielleuse et amère et me rend fou.

— Regarde.

Elle tient quelque chose dans sa main, mais ce n'est pas facile d'arracher mes yeux de sa silhouette. La manière dont son chemisier souligne le renflement de ses...

— Allôôô ? Zandia appelle Mykl. Il y a quelqu'un ?

Elle fait comme si elle tapait sur un communicateur.

— Attention, je suis à la recherche de Mykl. Il a été vu pour la dernière fois dans...

— Ça suffit.

Je lui attrape le bras. Elle prend une inspiration et ses yeux verts s'écarquillent. Ses lèvres, ayant la couleur des fruits rouges, s'entrouvrent. Mon sexe monte en flèche contre mon pantalon. Il est douloureusement gêné.

— Je t'ai dit de ne pas t'habiller comme ça.

— Comme quoi ?

Elle fait l'innocente. Nous regardons tous les deux son torse, où ses seins parfaits sont à peine couverts.

Malgré mes meilleures intentions, un gémissement m'échappe quand mon érection se développe davantage.

Et elle glousse. C'est le son le plus irritant et le plus adorable que j'ai entendu. Elle glousse, *Skorz* ! Quel culot ! Je dois agir. L'obliger à arrêter de m'exciter. Parce que si elle ne cesse pas, j'ignore ce que je ferai.

Je la tire assez près, on se touche presque. La chaleur de son corps me fait parvenir son parfum, quelque chose de léger, telles des fleurs dans un champ. Les rayons du soleil.

— Arrête.

— Tu veux que j'arrête quoi ?

Elle plisse les yeux.

— Tu le sais.

— De faire du travail de cette qualité ? Mais si je le fais, je manquerais à ma promesse au roi Zander, et à moi-même, d'aider cette planète à réussir.

Elle me lance un regard innocent et se lèche la lèvre inférieure. Elle indique la table d'un signe de tête.

— Encore une fois, j'ai fait ce que tu as demandé. Bien en avance. Je pense que je mérite une sorte de récompense.

— Oh, vraiment ?

Ma voie est basse, presque un grognement.

Elle relève le menton.

— Oui. Et si tu n'étais pas si timide, tu...

— Timide ?

Mes cornes se mettent en alerte et je resserre ma prise sur son bras.

— Timide ? répété-je.

L'esquisse d'un sourire danse sur ses lèvres.

— C'est ça. Effrayé. Terrifié, en fait.

— Kianna, tu me pousses vraiment à bout.

Je lui lance un regard noir. En tant que maître, c'est mon droit et mon devoir de la punir, lui apprendre les pratiques sur Zandia. Je n'ai jamais considéré cette option parce que je n'ai aucun intérêt à devenir aussi intime avec les humaines.

Surtout après ce que j'avais entendu les concernant. La façon dont elles sont excitées par les châtiments corporels. La manière dont ça crée un lien de les former, de les modeler.

Pour les garder.

Et je n'ai pas l'intention d'en garder une.

Surtout pas cette tentante, terriblement irritante, belle petite humaine qui aime me torturer avec ses seins pleins et...

— Je t'ai précisé explicitement que je ne suis pas intéressé... pour quoi que ce soit. Tu as désobéi à un ordre direct. C'est tout simplement...

— Tout simplement quoi ?

Elle bat des cils. Comment quelqu'un peut-il avoir des cils aussi épais et noirs ? Elle penche la tête vers moi.

— Qu'est-ce qui se passe ?

— C'est... de l'insubordination.

Je parle d'un ton plus bas, plus doux. Je fais glisser ma main le long de son bras pour saisir son poignet.

— Tu es très rebelle. Continuer à me proposer quelque chose dont je ne veux pas.

— Hmm. Alors c'est ça. Je me demande ce que tu devrais me faire.

Je ne l'avais jamais entendu employer ce ton auparavant. Sulfureux. Comme de la musique, sensuelle. Ses yeux sont fermés et ses lèvres s'entrouvrent. Je grogne à nouveau. *Skorz*, je ne peux pas lui résister. C'est comme si mon sang bouillait pour cette humaine. Elle est la seule qui pourrait apaiser mon désir. Pendant une seconde, je me demande si ça serait vraiment mal... d'être avec elle. Quels dégâts pourraient faire un coup d'un soir ? Juste pour voir ?

Je suis sur le point de me pencher pour l'embrasser, mais je remarque son petit sourire. Triomphant. Victorieux.

Je recule, mes émotions partent dans tous les sens. Celle qui prédomine est la colère.

— Ce n'est pas un jeu, Kianna.

Ses yeux s'ouvrent d'un coup.

— Ce n'est pas ce que je crois.

Je la fixe.

— Alors, cesse d'essayer de gagner. Arrête de tenter de me manipuler. Ça ne fonctionnera pas.

Avant de pouvoir y réfléchir, je lui arrache le composant qu'elle tenait et je le mets de côté, puis je lui attrape le bras pour me diriger vers les sièges suspendus de l'autre côté de la pièce, ceux qu'on utilise pour les pauses. Nous ne sommes que tous les deux ici, et il est peu probable que quelqu'un entre. Toutefois, la porte principale est déverrouillée. Je l'ignore.

— Qu'est-ce que tu fais ?

Sa voix monte dans les aigus, avec un mélange de crainte et de combativité.

Cela augmente un peu plus mon désir.

— Ce que j'aurais dû faire depuis la première rotation terrestre. T'apprendre qui commande dans cet atelier.

Skorz, c'est une erreur. Mais je ne peux pas m'en empêcher. Je ne suis pas sûr de le vouloir non plus. C'est comme si mes mains agissaient de leur propre chef pour exécuter la seule chose que je désire, celle dont je meure d'envie.

Je m'assois et la tire sur mes genoux. En quelques secondes, sa silhouette mince et appétissante est allongée sur mes fortes cuisses.

Elle pousse des cris aigus et elle se retourne pour me regarder. Son expression, son indignation, sa surprise me font ricaner.

— Mykl ! Repose-moi.

Elle me chasse.

Je lui souris.

— Avec joie. Après t'avoir puni.

J'appuie sur son épaule, doucement, mais fermement, pour qu'elle s'allonge.

— Quoi ?

Elle se retourne à nouveau.

Je secoue la tête.

— Tu sais exactement ce que je veux dire. À la seconde où tu as posé le pied sous mon dôme, tu n'as été que tourment, rébellion et désobéissance. Tu essaies de m'exaspérer. Il est temps de mettre certaines choses au clair.

Je me sers d'une main pour la garder contre mes cuisses en lui appuyant sur le dos. Avec l'autre, je tire sur la taille de ce pantalon serré.

Elle m'attrape les mollets.

— Arrête ! Mykl. Qu'est-ce que...

— Tu sais ce que je fais.

Je me penche en avant, je laisse mon souffle lui caresser la nuque. Elle cesse de se débattre immédiatement. Ses mains s'assouplissent sur mes jambes mais elle me tient toujours, ses doigts se relâchent sans abandonner leur prise. Même à travers mon pantalon, son contact me brûle. L'endroit où le bout de ses doigts rencontre mes muscles, ils prennent vie, mes nerfs dansent. Et *skorz*, l'avoir sur mes genoux me rend dur comme le roc.

Elle se tortille sur moi. Elle peut le sentir, j'en suis sûr.

— Je vais te donner la fessée.

Cette fois quand j'attrape la taille de son pantalon, elle soulève légèrement ses hanches, comme si elle m'encourageait. M'assistait.

Mon sexe devient encore plus raide. Je descends le tissu et prends une inspiration devant la perfection de ses cuisses. Pendant une seconde, tout ce à quoi je peux penser, c'est de lui arracher la dentelle qui lui recouvre le postérieur, lui écarter les jambes et m'enfouir en elle. Je me penche sur son corps, découvrant ses longues jambes, un centimètre à la fois. Quand je jette son pantalon au sol, je suis si dur que ça en est douloureux.

— Mais je ne veux pas recevoir de fessée.

Sa voix est calme.

Je ne la crois pas le moins du monde. Parce que je peux sentir son excitation à travers sa culotte. Et quand je regarde de plus près, je peux constater qu'elle est trempée. Oh, par les étoiles, ce que j'aimerais faire...

— Vraiment ?

Je saisis le haut de sa culotte en dentelle et la tire de manière à ce que le tissu disparaisse dans sa raie et frotte contre les lèvres de son sexe.

— Ooh, halète-t-elle en se tortillant sur mes cuisses. Non...

— Hmm, dommage alors, parce que ça sera le cas. Que tu le veuilles ou non. La seule question qui subsiste est de savoir si je retire ça ou pas.

Je tire la taille pour que l'élastique contre ses hanches claque contre sa peau.

Elle gémit à nouveau.

— Mykl.

Il y a tellement de désir dans sa voix que je la relève presque pour l'embrasser.

Mais ça empirerait les choses. Je prends une grande inspiration.

— Je veux que tu arrêtes de désobéir à mes ordres. Et que tu fasses ce que je te demande.

— Tu veux que je fasse quoi ?

Elle écarte les cuisses légèrement.

Skorz, ce que j'aimerais lui faire...

— Pour l'instant, garde les bras baissés, ne donne pas de coup de pied et tu diras merci quand j'aurai fini.

Elle lâche un petit son que je ne parviens pas à identifier, peut-être une question, mais il se transforme en un cri quand je lève la main et la descends vivement contre ses fesses.

La tape résonne si bien que j'émets un grognement de satisfaction. Mes cornes deviennent raides.

— Pour ça.

Je lui en assène une seconde, un peu plus fort.

—Ooh.

Elle siffle et rue.

Je la maintiens en place d'une main.

— Tais-toi. On vient à peine de démarrer.

Je lui redonne des claques sur chaque fesse, puis en haut des cuisses.

— C'est pour toutes les fois où tu n'as pas écouté.

Je recommence.

— Et ça, pour toutes les fois où tu as fait ce que tu voulais, pas ce que je voulais.

Je laisse retomber ma main avec force. Par la seule véritable étoile, sa peau est la plus douce que j'ai jamais eue sous la main. J'ai hâte d'en finir avec la punition pour pouvoir la toucher, mais non. Je ne le ferai pas. Cela lui enverrait le mauvais message.

— Et ça, c'est pour avoir fait exactement le contraire de ce que je t'ai demandé.

Je fais pleuvoir rapidement une flopée de fessées.

— Mykl, halète-t-elle en attrapant à nouveau mes jambes. Ça fait mal.

— C'est normal.

Je continue.

— Arrête.

Elle enfonce ses ongles.

— Arrêter ?

Je lui en donne une plus forte.

— Arrêter de la même manière dont tu l'as fait quand je t'ai ordonné de ne pas me taquiner ?

Je lui assène une claque sur le haut des cuisses.

— Comme tu as arrêté de t'habiller de manière aussi... provocante ?

Encore une sur ses cuisses, puis quelques autres sur ses fesses.

— Je suis sérieuse.

Elle se tortille, me griffe plus fort. Ça me fait presque mal à travers mon pantalon. Mais pas tout à fait.

— J'espère que tu ne penses pas qu'une humaine déli-
cate puisse me blesser ?

Je lui donne de nouvelles fessées.

— Parce que non seulement tu te trompes, mais tu pourrais recevoir des coups supplémentaires pour avoir même
essayé.

— Va te faire voir.

Sa voix est déterminée et tremblante.

— Que j'aille me faire voir ? Vraiment ?

Une plus forte atterrit sur son derrière.

— Vas-tu le répéter, Kianna ?

— Va te faire voir ! crie-t-elle. Mykl, arrête !

— Je le ferai quand je serai prêt.

Mon ton reste ferme.

Ses fesses ont pris une teinte rose foncé.

— J'arrêterai quand je penserai que tu as appris la leçon.

— La seule chose que tu m'apprends, c'est que tu es un
connard, réplique-t-elle en serrant mes jambes comme dans
un étau.

— Continue avec tes insultes Kianna. Tu n'auras que ce
que tu mérites.

Je lui claque à nouveau les cuisses.

— Je vais te tuer ! crie-t-elle en me frappant avec ses
poings.

— Mauvaise réponse. Veux-tu que j'utilise ma ceinture ?

Je pose une main sur son derrière enflammé. Elle se
crispe et gémit. Je peux voir que ça fait mal par la chaleur
dégagée. Mais je peux aussi constater qu'elle est encore plus
mouillée qu'auparavant.

Bordix, la fessée excite mon humaine, comme les autres.
Et si je la prenais maintenant, elle serait tellement sensible...
et passionnée.

Non. Pas *mon* humaine. Cette humaine. Cette humaine pénible et difficile qui ne me laisse jamais tranquille.

— Tu n'es pas censé me torturer, hurle-t-elle d'une voix lamentable. C'est une règle.

Mais elle lève la tête et se lèche les lèvres. Lentement. Délibérément.

— Tu ne veux pas trouver une autre manière de me donner la leçon ? suggère-t-elle.

Elle se mord la lèvre inférieure.

— Je ne te torture pas. Je te montre qui est aux commandes.

Je lui frotte les fesses. J'essaie de ne pas gémir en pensant à combien j'ai envie de lui mordre la lèvre comme elle le fait. Je désire glisser ma langue le long de sa fente.

Elle tressaille, puis elle se détend contre ma main.

— Mauvaise réponse, réplique-t-elle. Tu me montres que tu es un tyran.

J'étouffe un ricanement. *Bordix*, elle est fougueuse. J'aime ça. J'ai été avec des femmes sur plusieurs planètes, des esclaves du plaisir, et aucune d'entre elles n'avait ce mélange incroyable de passion et d'insolence. Aucune d'entre elles n'était parvenue à me toucher comme ça. Certainement parce qu'elle est humaine.

Une *humaine*.

— Les Zandians dominent les humains, remarqué-je d'une voix tendue. On doit mater nos compagnes.

— Vos compagnes, oui. Mais c'est exactement ce que tu ne veux pas de moi. Non ?

Elle s'affaisse sur mes genoux, se tait, puis elle dit :

— C'est bon, Mykl. Tu as gagné, d'accord ? Je vais faire ce que tu ordonnes à partir de maintenant.

Son ton est si monotone qu'une pointe d'angoisse à me donner froid dans le dos me transperce.

Y suis-je allé trop fort ? Elle était excitée avant et à présent tout semble avoir disparu. *Bordix.* Je n'ai jamais réellement voulu lui faire du mal. Seulement lui prodiguer une leçon. Et aussi, l'autre chose, celle à laquelle je refuse de penser...

Elle quitte mes genoux.

— Puis-je descendre et me rhabiller ?

Elle renifle. Mon cœur se serre.

— Pas encore, grogné-je.

— J'en ai eu assez.

Elle se raidit sous mes mains.

— Non.

J'ignore ce qui me prend. Tout ce que je sais, c'est que j'ai besoin d'accorder à cette petite humaine la satisfaction dont elle a terriblement envie. J'ai entendu plusieurs Zandians en couple expliquer que les fessées et les châtiments excitent leur compagne et combien ils leur procurent du plaisir d'une manière si explosive après.

Elle ne le mérite pas. Et ça n'enverra pas le bon message. Mais je veux, non, j'ai *besoin* de lui donner tout ce que cette petite créature désire en ce moment. Maintenant qu'elle est nue et en manque d'affection sur mes genoux, je ne vais pas la laisser sur sa faim. Quelque chose en moi brûle de terminer ce que j'ai commencé. C'est comme si j'étais dans un rêve, sur pilotage automatique, agissant de loin.

Je passe ma main sur ses fesses et ses cuisses.

— Détends-toi, murmuré-je. Tu as raison. Il y a d'autres leçons. Des choses que je peux t'apprendre.

Elle prend une inspiration et son corps renaît. Je sens une nouvelle ardeur la parcourir. C'est fou comme je me sens en harmonie avec elle. Est-ce la lumière traversant la verrière ? Ce sera bientôt le solstice et même rester assis dans les rayons semble nous donner une profusion d'énergie.

Ou est-ce sa peau ? Est-elle imprégnée d'une force de vie irrésistible ?

Je ne sais pas et je m'en fiche. Je la caresse jusqu'à ce qu'elle ronronne, un agréable son. Tout son corps est délié et léger. En attente de quelque chose. Puis mes doigts s'aventurent plus bas, entre ses cuisses. Elle gémit et écarte les jambes pour me laisser passer.

Elle est la chose la plus douce que j'ai touché de ma vie. Si humide et chaude. Serrée.

J'ai hâte d'en avoir plus.

K *ianna.*

M on derrière me fait mal après la fessée et je suis en colère qu'il m'ait maintenue en place pour me punir. En même temps, je suis euphorique. Ce n'est pas ce que je désirais, après tout ?

Et c'est plus magnifique que dans mes rêves. Ses paumes puissantes sur mon postérieur, me frappant avant de me caresser. Sa voix rauque quand il grommelle. Je meurs d'impatience de voir la suite maintenant.

Il dit ne rien vouloir de moi, mais je sais que c'est un mensonge. Chacune de ses caresses m'indique qu'il a envie de plus, pas moins.

Quand il glisse sa main entre mes cuisses, je m'ouvre pour lui.

Il est doué de ses doigts, comme je l'imaginais. J'ignore

où il a appris cette technique et pour l'instant je m'en moque. Plus tard, peut-être, je pourrai décapiter mentalement toutes les prostituées de tous les dômes de plaisir de l'univers. Pour le moment, je vais en profiter.

Il glisse ses doigts dans ma fente humide, puis se faufile en moi.

— Mykl… gémis-je.

Il retire sa main et me retourne pour que je puisse m'asseoir sur ses genoux.

— Tu aimes ?

Son murmure rauque me met en ébullition.

— Oui.

Je relève le menton.

Quand il s'empare de mes lèvres, il est vorace. Sans hésitation. Il m'embrasse comme si c'était sa dernière mission en ce monde. Sa langue joue avec la mienne.

— Ouvre-toi à moi, demande-t-il avec un bras m'attirant plus près de lui et l'autre tapant sur ma cuisse.

— Oui, dis-je contre sa bouche.

Je me perds ensuite dans son étreinte.

C'est si bon. Embrasser Arc (à moins que c'était Bow ?) était… approprié. Ça ? C'est renversant. Des feux d'artifice et de la magie. Tout ce dont je rêvais.

L'angle de sa tête est différent maintenant et il caresse mon clitoris avec son doigt. Doucement, tellement doucement.

— Mykl !

Mon cri est suave et plaintif. Je recherche son contact.

— Comme ça ?

Mais il n'a pas besoin de demander. C'est parfait. Comme s'il savait comment procéder. Pour moi.

Mes fesses nues sont sensibles sur ses fortes cuisses. Quand il change de position, ses muscles se contractent sous moi et ça me brûle encore plus. Par la Terre, c'est de la puissance pure. Je veux le sentir sur moi. Se blottir contre moi, toute sa longueur contre la mienne. En moi.

Je gémis.

— S'il te plaît.

Son odeur est un mélange de celle de l'atelier et la sienne propre. Quelque chose de viril, de fort. J'enfouis mon visage dans son cou, j'inspire.

— Qu'est-ce que tu fais ?

Il semble amusé.

— J'aime ton odeur.

Je ne ressens aucun embarras.

— J'aime la tienne aussi.

Avant de savoir ce qui se passe, il me prend dans ses bras et m'installe sur l'assise. Doucement, avec soin. Il me positionne.

— Permets-moi, murmure-t-il.

C'est une demande. Une supplication.

Je me détends et le laisse m'écarter les cuisses. Quand il s'agenouille entre elles, je gémis. Puis, au premier contact de sa langue contre mon moi, je crie son nom.

— Mykl !

— *Bordix*. Kianna. Si parfaite. Délicieuse.

Il semble émerveillé, comme s'il était en adoration.

Sa langue, oh, par les étoiles, sa langue ! Il pourrait conquérir des planètes entières. Il excite mon clitoris avec de douces caresses, puis il glisse le long de mon corps, utilisant la pression idéale pour me rendre folle.

— Tu es... la plus... pénible... des femelles... que j'ai... rencontrées, me dit-il entre ses coups de langue.

— Vraiment ?

Je ferme les yeux. Je vois des explosions de couleur

derrière mes paupières. Bleu azur. Violet améthyste, comme ses iris. Vert émeraude

— C'est pour ça que j'ai dû te donner la fessée.

Sa voix, un mélange de grognement et de ronronnement, me rend folle.

— Oh, tu n'étais pas obligé. Tu le voulais. Ah.

Je me contorsionne quand il lèche mon clitoris d'une façon à presque me faire atteindre l'orgasme.

— J'en avais plus qu'envie.

J'ai l'impression qu'on lui arrache les mots. Il l'admet seulement parce qu'il est envoûté par mon corps. Comme s'il le combattait.

— Arf.

— Ah oui ?

Je soulève mes hanches.

— Ne jouis pas, *bordix*.

Ses mains puissantes s'emparent de moi, il me tire juste un peu, et j'ai droit à une fessée. Fort.

— Tu ne jouis pas avant que je t'en donne la permission.

— Alors tu ne jouis pas non plus, tant que tu as... oooh !

Il me claque l'intérieur de la cuisse.

— Petite humaine bavarde.

— Tu veux voir ce que ma bouche peut réellement faire ?

Je n'ai jamais pratiqué ce à quoi je songe. Mais je désire le faire, pour Mykl. En fait, je meurs d'envie de sentir son sexe entre mes lèvres. L'exciter autant qu'il l'a fait avec moi.

— Plus tard.

Il plonge profondément sa langue en moi et je crie de plaisir. Je me soulève presque du coussin.

— Mykl ! Tu vas me faire...

— T'ai-je donné la permission ?

— Non, mais...

— Alors tu attends. Ou je peux recommencer avec la fessée.

Il semble fier de lui. Je crois qu'il est sérieux. Qu'il aime ça. La première fois était excitante et j'ai apprécié, mais pour le moment, tout ce que je veux, c'est mon orgasme imminent. Et s'il me donne une autre fessée d'abord, je vais mourir. Littéralement. Je me tire les cheveux.

— J'attends ! Par les étoiles, s'il te plaît.

— Supplie-moi. Dis mon nom.

Sa voix est rauque de désir. Je le regarde – réellement. Ses cornes sont dures. Ses yeux brillent d'une passion que je n'ai jamais vue auparavant. D'une toute nouvelle ouverture d'esprit. Ça lui va bien.

Un afflux d'émotion me submerge.

— Mykl. S'il te plaît ?

Ma voix est douce. Pendant une seconde, une fraction de seconde, l'image de l'herbe soufflée me remplit l'esprit. Puis il reste seulement Mykl, parce qu'il dit :

— Oui.

Ensuite, il remet sa bouche sur mon corps, ses mains aussi, et je m'abandonne sous son contact. Il me tient, en toute sécurité, et nous pouvons nous envoler sur les ailes de la passion que nous partageons.

Je laisse l'orgasme grandir pendant qu'il me lèche, sans précipitation, sans chercher à faire une performance, et quand il atteint le point culminant, je crie de plaisir dans l'atmosphère lumineuse. Les rayons se réfractent tout autour de moi, brillant dans mes yeux et les siens. Je le regarde tout le long, parce qu'il est si beau.

Je jouis longtemps, avec son nom sur les lèvres et son visage gravé dans mon esprit, nos cœurs battants au même rythme endiablé.

Je n'avais jamais été aussi proche d'un autre, et c'est tout ce que j'ai toujours désiré dans ma vie, bien avant que j'apprenne l'existence d'un tel lien.

Je sais que cela changera tout.

M *ykl*

C ela ne change rien.

J'aime la sensation de son orgasme sous ma langue et qu'elle me donne son corps.

Le problème, c'est qu'elle m'offre plus que ça – elle veut me confier son âme. Cette essence dont parlent les humains, quelque chose dont nous n'avons pas de traduction exacte dans le dialecte zandian. Je suppose que le « cœur » est ce qui s'en rapproche le plus. Mais je ne peux pas prendre celui de Kianna. Je ne peux rien accepter d'elle.

Elle est toujours haletante, avec une expression de véritable bonheur sur le visage quand je recule pour m'étendre près d'elle. Mes mouvements sont raides. Je n'aimerais rien de plus qu'elle pose sa bouche sur moi comme elle l'avait proposé avant de jouir en elle.

Mais, il y a longtemps, j'ai fait la promesse de seulement m'accoupler avec une Zandianne ou pas du tout. Et comme mon père me l'avait dit, c'est uniquement en gardant notre lignée pure que nous garantissons la sauvegarde des gènes guerriers forts pour assurer notre avenir. Et les Zandians tiennent leurs engagements. C'est ce qui nous différencie. Cela fait partie de notre code d'honneur.

Même si j'ai ça à l'esprit, je l'enserre tout de même automatiquement dans mes bras et attire son petit corps contre le mien. Je remarque combien il semble être à sa place. Comme deux pièces d'un puzzle. Et c'est la chose la plus extraordinaire, parce que le simple fait d'être là avec elle – même si mon sexe demeure aussi dur qu'une barre de fer de désir – est quand même relaxant.

Elle remue.

— Laisse-moi faire. J'ai envie de te faire du bien.

Sa voix est mielleuse. Ses petites mains ouvrent la braguette de mon pantalon, et même si j'avais l'intention de refuser, je place mes hanches pour qu'elle puisse tirer sur le tissu le long de mes jambes.

— Je pense que je vais faire comme ça, annonce-t-elle en se retournant pour que j'aie ses superbes fesses et son sexe devant mon visage.

— Kianna...

Je ne parvins pas à en dire plus, parce que, *bordix*, elle se penche et me prend dans sa bouche et toute la planète semble changer d'axe.

— Par l'étoile de Zandia.

Je m'allonge et la laisse jouer avec moi.

Elle n'a jamais fait ça, je peux le sentir. Elle bâcle le travail et elle est hésitante avec sa langue, et pourtant, c'est la meilleure chose que j'ai jamais ressentie. Savoir qu'elle voulait le faire, qu'elle m'a presque supplié – m'embrase.

— Serre un peu plus quand tu suces, lui conseillé-je. Et tire plus fort au sommet.

— Comme ça ?

Elle inspire et reprend.

— Oh, par les étoiles, oui. Exactement.

Ma voix est tendue par le désir grandissant.

Cette petite Terrienne n'a pas besoin de beaucoup d'ins-tructions. Chaque seconde qui passe, elle gagne en assurance et en habileté et je suis soudain perdu sous son corps, sa bouche ajustée et ses petites mains affairées.

— Kianna, je vais...

Elle ne s'arrête pas mais suce plus fort, m'attrape les cuisses à deux mains, et serre fort. Ça ne fait pas mal ; les minuscules doigts humains ne le pourraient pas, mais ça attise ma passion.

Je lui saisis les hanches et lui donne une fessée, puis une deuxième. J'ai envie de la lécher, d'insérer mon index en elle, la toucher, lui faire toutes sortes de choses inimaginables...

Et j'explose. Mon orgasme est immense, le meilleur que j'ai eu depuis plusieurs cycles solaires. Pendant ce moment de bonheur absolu, je suis complètement vulnérable à son pouvoir, et je m'en moque au plus haut point. Je jouis et rugis son nom avant de grogner. Je la tire près de moi, laissant les vagues du plaisir me submerger.

Elle est plus que satisfaite d'elle-même. Je peux le voir à la manière dont elle glousse et fredonne à côté de moi, son petit corps blotti contre le mien.

— Tu as aimé ?

— Tu sais bien que oui.

Je lui caresse les cheveux et nous restons silencieux. Puis elle me pose une question :

— Pourquoi détestes-tu autant les humains ?

Je ne parle pas de ça habituellement, mais pour une raison quelconque, les mots sortent tout seuls.

— Je ne les déteste pas.

— Mais tu n'en... veux pas, réplique-t-elle en se tendant un peu. Pour compagne. J'aimerais comprendre pourquoi.

— C'est personnel.

Je prends une inspiration. Elle ne dit rien et je poursuis :

— Je me suis engagé dans une voie il y a longtemps et je

ne reviendrai pas dessus. Une promesse solennelle à mon père.

Elle lève les yeux.

— D'éviter les humains ? Il y en avait sur Zandia quand tu étais jeune ?

Je secoue la tête.

— Non, pas comme maintenant, mais on savait que les Zandians pouvaient se reproduire avec d'autres espèces. Les Finns étaient dans leurs premières phases d'attaques et on avait perdu beaucoup de guerriers. Mon père avait un don...

Je craque.

Elle me touche la main. Elle en dit tellement avec ce simple geste.

Je détourne le regard.

— J'ai à peine...

Comment puis-je dire qu'il me manque toujours au point de sentir comme des dagues dentelées dans ma poitrine en pensant à son absence ? Les Zandians sont plus forts que ça.

— Il était l'un des meilleurs guerriers que Zandia a connu, Kianna.

J'ai du mal à trouver les mots pour décrire son pouvoir.

— Il pouvait se battre comme dix autres, expliqué-je.

— Waouh.

Elle entrelace ses doigts avec les miens.

— J'étais comme lui quand j'étais jeune.

J'en arrive maintenant à la partie dont je ne parle pas souvent, pas même avec mes amis.

— Puis j'ai été blessé et je n'ai pas pu m'entraîner.

— Je n'en savais rien. Tu as été blessé ?

Elle m'examine en clignant des yeux.

— Où ? Je ne t'ai pas fait mal, hein ? enchaîne-t-elle.

Elle me touche l'épaule. Me mord la lèvre.

Je grogne.

— Pas là. Ici.

Je lui prends la main et la pose sur mon torse.

Elle appuie dessus.

— Mais tu n'as pas de cicatrices.

— À l'intérieur.

Mon cœur commence à battre la chamade et je me concentre pour le calmer.

— J'ai respiré des gaz empoisonnés. Les Finns l'ont relâché dans une école en espérant tuer de jeunes Zandians. Ils en ont eu plusieurs, mais j'ai survécu. Mes poumons ont été sévèrement atteints. Je suis presque mort. Quand je me suis remis, j'avais passé l'âge pour les véritables entraînements. Il était trop tard pour que je puisse développer tout mon potentiel. Et mon appareil respiratoire n'a jamais retrouvé sa pleine capacité.

— Alors tu es devenu ingénieur ? Il y a de l'honneur dans cette profession, Mykl. Les guerriers ne pourraient pas accomplir leur mission sans toi.

Elle touche à nouveau mon torse, doucement. Le bout de ses doigts est comme de la soie.

Je me dégage.

— Je le sais. Ça ne rend pas les choses plus faciles à supporter.

— Je ne comprends pas la partie sur les humains, par contre. Parce qu'on a de la compassion et on est attentionné, Mykl. Un soutien émotionnel humain pourrait t'aider…

— Mon père m'a fait promettre de prendre une compagne zandianne compatible avec mes gênes et ma lignée, pour que nos aptitudes au combat puissent être transmises aux petits.

— Oh.

Sa voix devient soudainement impassible.

— Je vais l'attendre aussi longtemps qu'il le faudra. Parce que c'est mon devoir envers Zandia. Je vais honorer ma planète et mon roi en léguant le don que je ne peux utiliser à un être qui le pourra.

Bien sûr, mon père ne pouvait pas savoir quand il avait exigé cette promesse que les femelles zandiannes seraient presque toutes exterminées. Il n'en restait qu'une poignée et celles qui étaient en âge de se reproduire avaient déjà trouvé des compagnons.

Elle roule loin de moi.

— Je vois.

— Et les Zandians ne reviennent pas sur leur parole.

Je m'assois.

— Je comprends.

Elle attrape son pantalon. Je me rhabille aussi.

— Alors, Kianna, c'est pour ça que rien ne peut se passer entre t... une humaine et moi.

Je hausse les épaules.

— Je ne peux tout simplement pas. J'attends ma destinée, réitéré-je.

Elle hoche la tête et la baisse. Ses cheveux recouvrent son visage. Je l'entends renifler et mon cœur se serre.

Habituellement, les larmoiements me rendent fou, mais j'ai la curieuse envie de la réconforter.

Je combats ce sentiment et recule.

— S'il te plaît, comporte-toi bien à partir de maintenant. Au travail.

C'est une chose cruelle à dire après ce qui vient de se passer. Mais je ne sais pas comment le gérer.

Elle enfouit son visage entre ses mains.

Bordix, je suis un monstre de faire ça, mais je pars tout de même.

Je ne peux être là avec elle, parce que si je reste plus

longtemps, je vais la reprendre dans mes bras et me laisser emporter dans une direction qu'il m'est impossible d'emprunter.

Mes promesses ont de l'importance. Zandia également. Je dois faire les choses correctement.

Elle sera bien avec Arc et Bow.

Mais en sortant par la porte principale pour être à l'air libre, penser à elle avec d'autres mâles me pousse à rugir. Certains passants se retournent par curiosité. Puis je pars en courant, je file aussi vite et fort que je le peux, jusqu'à ce que mes poumons abîmés brûlent de douleur.

J'accepte cette souffrance. Je la mérite après la manière dont j'ai joué avec les délicates émotions humaines de Kianna. Après l'avoir utilisé sans avoir l'intention de la garder.

Elle m'attendait.

Je ne l'avais pas reconnu jusqu'à maintenant, mais je le voyais désormais. Elle n'était pas passée à autre chose avec ses prétendants parce qu'elle se préservait pour moi. Et aujourd'hui, je venais d'anéantir tous ses espoirs. Je lui avais dit en des termes très clairs pourquoi je ne la prendrais pas – ne pouvais pas – comme épouse.

J'ai fait ce qu'il fallait, par contre. Continuer aurait été cruel.

J'attends une Zandianne. Je ne peux agir autrement. Et quand on trouvera le reste de notre espèce dispersée dans la galaxie, et je sais qu'on le fera – je serai prêt à accepter le défi d'engendrer de parfaits combattants. Comme mon père et mon grand-père et ceux qui les avaient précédés. Je viens d'une des plus fortes familles de guerriers de Zandia.

Si je n'avais pas été blessé il y a longtemps, je serais dehors avec Lanz et Domm pour secourir les autres. Au lieu de ça, je suis coincé ici à concevoir les technologies qui les alimentent. Et je m'en fiche. Je fais ma part pour notre futur.

Je veux y participer d'une manière viscérale aussi. Apporter de nouvelles vies sur notre planète. Envoyer un enfant faire ce que je ne peux plus. Mais ce qui est nécessaire pour que Zandia ait un avenir.

Pourquoi, alors, l'image de Kianna avec un ventre arrondi me traverse-t-elle toujours l'esprit ?

Et que la pensée de toucher une autre femelle – même une Zandianne – me déprime ?

CHAPITRE QUATRE

K*ianna.*

— Il s'est passé quoi ? Tu as des choses à me raconter ?

Mirelle trépigne en franchissant ma porte. Si elle n'était pas pilote de chasse, je crois qu'elle pourrait être danseuse. Encore une fois, je suis jalouse de la facilité avec laquelle elle a gagné le cœur de ses compagnons.

Je détourne les yeux et les rive sur la fenêtre de ma chambre.

— Oui, on... on s'est embrassé. Ensuite...

Comment décrire ça ?

— On a été intimes.

Mon visage est en feu et je ne peux m'empêcher de sourire, même si mon cœur se brise en songeant à ce qui s'est passé après.

— Oh, Kianna.

Elle tape dans ses mains et sourit.

— C'est génial. Ils t'ont donné leurs cristaux ?

Elle vient vers moi, impatiente.

— Montre-moi, ajoute-t-elle.

— Des cristaux ? Non, me moqué-je. En fait, il est parti... oh. Tu penses à Arc et Bow.

Je resserre le nœud dans mes cheveux et m'assois. J'enfouis mon visage dans mes paumes.

— De qui *tu* parles ? demande-t-elle en montant dans les aigus. As-tu...

Elle hésite, sa voix est douce.

— Mykl ?

J'acquiesce.

— Oh, par la Terre.

Elle vient s'installer à côté de moi et me prend dans ses bras.

— Oh, Kianna.

Je secoue la tête.

— Il dit qu'il attend une femelle Zandian de sang pur pour transmettre ses gènes de super-soldat spécial. Une promesse solennelle faite à son père mourant.

Elle me serre la main.

— Je vois.

— Oui. Il est attiré par moi, mais je suis inférieure.

Je m'essuie les yeux. Je hausse les épaules.

— Je ne suis pas assez bien pour son précieux ADN. C'est comme ça, ajouté-je.

Je me lève et fais les cent pas.

— Il m'a demandé de le laisser tranquille. Il ne voudra jamais d'une humaine, précisé-je.

— Je suis désolée.

Mirelle est triste. Elle sait aussi bien que moi combien les Zandians tiennent à leur parole.

— J'ai les mains liées, je suppose.

Une idée commence à naître dans un coin de mon esprit. Vaguement. Un petit plan complètement fou.

Je tourne la tête vers la fenêtre.

— Sauf si je me transforme en une féroce princesse guerrière et que je pars pour accomplir une sorte d'exploit fantastique, le genre dont on remplit les livres d'histoires. Alors peut-être, seulement peut-être, qu'il m'accepterait comme un substitut potable.

Mirelle me lance un regard avec tellement de compassion que j'en meurs presque.

— Kee. Tu mérites quelqu'un qui croit que tu es l'être le plus exceptionnel de cette planète, pas qu'il supporte ta présence.

— Comme Arc et Bow ? Leurs baisers étaient tièdes en comparaison de ceux de Mykl.

— Ce sont de bons mâles et ils te donneront une vie agréable.

Elle semble tenter de me persuader.

— Ce ne sera pas si mal. Tu vas apprendre à les aimer.

— Et ils penseront que je suis l'être le plus exceptionnel ?

Je lève les yeux au ciel. J'avais ressenti beaucoup de choses chez eux : de l'honneur, de l'intégrité, de la gentillesse. De la force. Mais une passion inassouvissable n'en faisait pas partie.

— Je ne sais pas.

Nous restons silencieuses quelques secondes.

— Tu peux m'apprendre à voler et me battre comme toi ?

Je la regarde avec des larmes dans les yeux.

— Tu te souviens de la fois où tu as tué ce vipn avant qu'on soit amies ? Quand tu as commencé à m'entraîner ? On pourrait continuer ?

Je monte dans les aigus avec espoir.

— Oh, Kee.

Elle me touche la main.

— Je ne...

— Je ne m'attends pas à être exactement comme toi.

Je me lève, ma voix pleine d'une nouvelle intensité.

— Mais je veux arrêter d'être ce que je suis.

— Tu peux venir à mon nouveau cours. Mais...

Elle hésite.

— Si tu ne le fais pas pour les bonnes raisons, tu n'arriveras à rien, ajoute-t-elle.

— Pour qui tu te prends pour me donner les bonnes raisons ? répliqué-je.

— Ce n'est pas ce que je fais.

Elle me lance un regard sans expression.

— Il n'y a que toi pour me dire si c'est le cas.

Je m'effondre à nouveau.

— Je ne sais pas quoi faire.

— Accorder une autre chance à Arc et Bow ? propose-t-elle en me serrant le bras. Pour l'instant, penses-y. Et n'oublie pas. On se revoit plus tard pour travailler avec le comité d'organisation. Aider à faire les installations pour la cérémonie va sûrement te rendre de bonne humeur.

K*ianna.*

— Tu peux me donner les oranges, s'il te plaît ?

La voix de Mirelle est plus tendue. Je ne sais pas pourquoi, mais depuis qu'elle a quitté mon domicile quelques heures plus tôt, c'est comme si son anxiété montait, cran par cran. Si je pouvais voir son cerveau, je crois qu'il serait en train de s'étirer, prêt à craquer.

— J'ai fait quelque chose ? Je suis désolée si je me plains trop de ma situation.

Je m'essuie les yeux, toujours gonflés et mouillés, d'autant que ma tristesse ne s'est pas estompée. Je prends le doux ruban orange et je lui donne pour qu'elle l'attache à une lanterne étincelante.

— Tiens.

Elle fronce les sourcils.

— Quoi ? Je vais bien. Bien sûr que non. Tu n'as jamais rien fait de mal.

Mais elle ne s'empare pas du bout de tissu.

— C'est juste que tu sembles... à cran.

Je pose mon paquet moelleux à côté d'une pile d'objets artisanaux. Autour de nous, d'autres voix humaines s'élèvent, des bavardages chaleureux, issus de la camaraderie pendant qu'on installe les décorations du festival avec excitation. C'est merveilleux de tous nous voir : le personnel médical, les pilotes de chasse, les fermiers, les enseignants, les mères, tous ensemble avec un objectif commun.

Elle examine les alentours et baisse le ton.

— J'ai seulement du mal à me préparer pour ma prochaine mission.

— Tu ne parles pas de ça d'habitude. Qu'est-ce qui ne va pas ?

Elle regarde autour de nous et me prend la main.

— On peut discuter en privé ?

Personne ne remarque notre départ, ou si c'est le cas, ils ne font aucune observation. Nous sommes de bonnes amies, après tout, habituellement inséparables. Par son attitude, elle pourrait montrer son inquiétude.

On sort de la grande salle de réunion pour rejoindre le couloir plus calme menant à une place entourée d'arbres. Il n'y a rien mis à part les ombres du crépuscule et un marjoric mineur, dont les plumes rouges brillent comme des grenats dans les doux rayons du soleil. Il penche la tête et nous examine avec ses yeux de fouine sur sa branche, mais il ne remue pas. Il attend peut-être des miettes de pain, les humains y viennent souvent pour prendre leur déjeuner.

On s'assoit sur un banc de pierre et Mirelle regarde ses pieds.

— C'est jamais arrivé avant. Je ne le sens pas.

Elle se frotte les mains ensemble.

— Quoi donc ?

Je me rapproche d'elle.

— Le mouvement. Mon coup de pied en vrille.

— Je ne te suis pas.

— J'ai créé un nouveau mouvement, il y a quelques soleils, quand Lanz, Domm et moi on secourait ces humains de la vente aux enchères sur Alph-4.

Elle prend une inspiration.

— Il m'est venu quand j'ai dû me battre contre un Mok – tu sais ceux qui ont trois bras ? J'ai fait ce saut, je suis retombée en tournant et j'ai donné un coup de pied.

— C'est génial.

— Ça l'était.

Elle hoche la tête, se lèche les lèvres.

— Lanz et Domm en ont parlé à tout le monde, ajoute-t-elle. Ils l'ont fait sans relâche et ils ont insisté pour que je l'enseigne à ma classe afin que tous les combattants puissent l'utiliser quand ils en auront besoin.

— Ça me paraît être un honneur.

— Sauf que je ne parviens pas à me souvenir de ce que j'ai fait et ils s'attendent à ce que je commence à le montrer demain.

Sa voix devient plus forte. Elle se lève et croise les bras.

— Je n'arrive pas à me souvenir de quoi que ce soit,

bordix. C'est comme un rêve flou. Tout ce dont je me souviens, c'est la panique, la peur et le regard de ce Mok.

Elle se recroqueville, comme si elle essayait de se faire toute discrète. Surprise, je la rejoins.

— Mirelle, je ne t'ai jamais vu comme ça.

— Quoi, je n'ai pas le droit d'être contrariée ?

Elle émet un petit son et elle retire, d'un mouvement d'épaule, la main que j'avais posée dessus.

— Ne me touche pas pour l'instant.

— D'accord.

Je lève les mains, un peu blessée, mais encore plus inquiète.

— Tu sembles vraiment troublée.

Elle me fusille du regard.

— Je le suis. Tu te rends compte de la pression à laquelle je suis soumise tous les jours ? Tout le monde pense que c'est fou. La forte et féroce Mirelle. Elle peut tuer et ensuite partir s'amuser pendant une rotation planétaire. Quelle vie ! Mais ils ne voient pas que parfois ça peut être trop ?

Elle prend une inspiration. Sa voix tremble.

— De temps à autre, ceux que j'ai abattus reviennent me hanter la nuit. Même lorsque j'ai mes compagnons à mes côtés.

— Oh, Mirelle. Je n'en savais rien.

Elle hausse les épaules.

— C'est la vie de guerrier. C'est comme ça.

Je ferme les yeux et l'image de l'herbe balayée par le vent ressurgit. Je ralentis ma respiration et fais ce que j'ai appris toute seule pour brider mon rythme cardiaque. Puis je passe à la suite, quand je mets mon esprit de côté, juste un peu, et soudain le visage de la femme devient clair. Son nom est Rhianna, c'est ma...

Mes yeux s'ouvrirent d'un coup.

— Mirelle, je peux t'aider.

— Oh, vraiment ?

Elle secoue la tête.

— À moins que tu puisses te loger dans ma tête et m'arracher le souvenir de comment j'ai exécuté ce mouvement, tu ne peux rien faire.

— C'est exactement ça. Je crois que je peux entrer dans ta tête.

Je suis tellement excitée que les mots défilent à toute vitesse.

— Je peux t'apprendre, insisté-je.

— Non, tu ne peux pas.

Mais elle se détend un peu.

— Ce n'est pas possible, réitère-t-elle.

— Je fais ce truc depuis un moment.

Je rougis parce que c'est étrange à expliquer.

— Je bouge mon esprit pour laisser mes pensées se clarifier, précisé-je.

— Ça n'a aucun sens.

— Ça en aura.

Je lui tends la main et souris quand elle la prend.

— Ça en aura, affirmé-je. Essaie quelque chose avec moi. Tu veux bien ?

Elle hausse les épaules. Mais je sens de l'intérêt dans sa posture et son expression.

— Je suppose. Bien sûr.

Je regarde autour de nous et constate que nous sommes toujours seules. L'oiseau demeure silencieux également, lissant ses plumes avec son long bec d'argent.

— Premièrement, on va respirer ensemble. Mais d'une manière spéciale.

Je retire mes chaussures, m'assois et croise les jambes.

— Fais comme moi. Installe-toi de la même manière, lui demandé-je.

Je tapote le sol en face de moi et pose les pieds sur la cuisse opposée.

— Qu'est-ce qu'il y a de spécial là-dedans ?

Elle plisse les yeux. Mais elle s'assoit, retire ses chaussures et se met en position du lotus pour être comme moi.

— Comme ça ?

J'acquiesce.

— Oui. Maintenant, on va respirer et remplir notre diaphragme d'air, puis on va l'expulser comme ça.

Je lui fais une démonstration.

— Pose tes mains sur moi pour sentir ce que ça fait. Ce n'est pas comme on le fait normalement.

Mirelle apprend vite. C'est incroyable la rapidité avec laquelle elle retient les cinq façons de respirer que j'ai découvertes, même celle où on appuie sur une narine, pour inspirer et expirer d'une manière spécifique.

Ça semble étrange, mais ça éclaircit l'esprit. Cela le rend aussi affûté qu'une lame zandianne, le tranchant si fin qu'il peut couper l'air. Aussi clair que les eaux calmes de la grotte, où on peut apercevoir les formations miroitantes à des kilomètres de profondeur, celles qui vivent là depuis un millénaire.

Maintenant, je lui parle, lui explique quoi faire avec sa respiration.

— La prochaine fois que tu expireras, vide complètement ton esprit. Tout ce que tu verras est l'étoile de Zandia. Garde les yeux fermés et concentre-toi sur elle. Rien d'autre.

Je prends sa main dans la mienne.

— Tiens ma main pendant que tu respires. Détends-toi.

Les muscles de Mirelle se décontractent. Ses mains dans les miennes sont douces et lâches.

J'ignore combien de temps nous restons comme ça, mais je sens quand elle est prête pour la suite.

— Tu vois seulement l'étoile. Mais maintenant, on va aller à ton nouveau coup de pied juste à côté. Tu es détendue et calme. Ton corps sait comment le faire. Observe-toi, Mirelle. Regarde comme si c'était un hologramme. Continue de respirer.

Je fais en sorte que ma voix coule comme un ruisseau, dansant sur les rochers, souple et agile. Je l'envoie dans sa tête, pour la diriger vers les crevasses auxquelles elle n'a pas accès.

Ses paupières tressaillent, mais le rythme de son souffle ne faiblit pas.

— Tu peux parfaitement sentir ton corps. Chaque muscle, chaque tendon. Regarde ce qui s'est passé. Tu y arrives ?

Elle prend une petite inspiration tremblotante.

— Dis-moi ce que tu vois.

Sa voix est calme et douce.

— Je me prépare comme si j'allais faire le coup de pied A3, mais ensuite je...

Elle laisse sa phrase en suspens. Elle reste silencieuse un long moment.

Elle retire ses mains des miennes et se relève. Au début, j'ai peur que ça n'ait pas marché.

Sans parler, elle s'accroupit, puis elle rugit, un superbe et redoutable son, et elle s'élance.

Je retiens mon souffle. C'est la chose la plus gracieuse et la plus destructrice que j'ai vue.

— C'est revenu ! crie-t-elle.

Elle refait le mouvement. Encore une fois de plus.

Elle vient vers moi, se penche et me serre d'une manière étrange et si fort que je ne peux plus respirer.

— Kee, tu m'as réparée ! Tu es entrée dans ma tête. Je croyais que c'était impossible, mais tu as réussi. Oh, par la Terre, je l'ai retrouvé.

Elle a des larmes dans les yeux et elle ne prend pas la peine de les essuyer. Elles brillent comme des petites étoiles sous la lumière.

— Kee, tu es un génie. Comment *tu* fais ça ?

Je rougis.

— Je ne suis pas un génie. C'est seulement quelque chose... que je fais.

Je me lève et un de mes genoux craque. Je le secoue et hausse les épaules.

— C'est incroyable.

Elle recule d'un pas et refait son mouvement.

Je veux lui demander comment elle le fait, qu'elle me l'enseigne. Pendant une seconde, je m'imagine sauter et crier devant le regard émerveillé de Mykl – parce que je suis une guerrière aussi, quelqu'un qu'il pourrait respecter.

Mais je sais que j'aurais besoin de plusieurs rotations solaires d'exercices pour m'approcher du niveau nécessaire pour essayer ce qu'elle fait.

Je me mords la lèvre, à la fois satisfaite et triste.

— Je suis heureuse de t'avoir aidée.

— Je pars directement au dôme d'entraînement.

Elle parle à toute allure.

— Je vais l'apprendre à toutes les personnes qui vont y entrer. Oh, Kee, je t'aime.

Elle refait une accolade et je la serre aussi dans mes bras. Peut-être que ma vie part à la dérive en ce moment, mais merde, ça fait du bien de se sentir utile. Quelque chose ayant de la valeur. Et pendant qu'elle s'éloigne, affichant sa joie dans chacun de ses pas, mes yeux se remplissent de larmes en la voyant partir.

CHAPITRE CINQ

M*ykl*

— Tu es encore là-dessus ? Pourquoi tu t'embêtes ?

Lanz pointe le scanner à super large spectre.

— Une de ces rotations planétaires, je vais avoir le message que j'attends.

Je tords les fils et prends mes outils de soudure.

— Ça fait passer le temps pendant que je travaille, ajouté-je.

Kianna n'est pas de service aujourd'hui et Amber n'est pas présente non plus, elle est en congé avant la naissance de son petit. Apparemment, les femmes humaines ont besoin de se préparer avant d'accoucher.

Lanz grogne.

— Lors d'une rotation planétaire, tu vas te réveiller et te rendre compte que tu es trop vieux et que tu as perdu ton temps à espérer quelque chose qui n'arrivera jamais.

— Quand je te prouverai que tu as tort, je m'attends à ce que tu me demandes pardon à genou.

Je plisse les yeux.

— Oh, je vais ramper et me tordre comme un ver de Marson si tu trouves un groupe de femelles zandiannes en écoutant ce scanner.

Il a un sourire suffisant.

— Je mangerai de la terre. Je te ferai la cuisine. Je serai ton esclave sexuel pour satisfaire tous tes désirs pendant une rotation planétaire.

Il aime plaisanter comme ça désormais. Par le passé, je lui aurais donné un coup de poing. Maintenant, j'admets que c'est un peu drôle. Il l'est presque autant que Kianna – je la chasse de mon esprit.

Je grogne.

— *Brodix.* Tu es le dernier que je souhaiterais avoir pour esclave.

Kianna remplit mes pensées à nouveau. Elle était esclave dans une usine avant que Zandia l'achète. Pas une esclave sexuelle, heureusement. Si elle en avait été une, j'aurais passé toutes les rotations planétaires à vouloir tuer tous les êtres mauvais qui l'auraient utilisée.

— Quelles sont les nouvelles, alors ?

Il appuie sur le bouton de volume.

Des parasites emplissent nos oreilles, puis des bribes de conversation d'une tour de contrôle à des milliers d'années-lumière d'ici se font entendre : deux Marrians discutant de la vélocité nécessaire pour quitter leur orbite.

— Comme d'habitude. Rien. Pour le moment. Vous partez où ?

Je lève un sourcil.

— Une vente aux enchères pour des esclaves sexuelles. On va voir s'il y a des femelles humaines.

Il croise les bras.

— Ce que nous avons appris de nos scanners et de nos communicateurs officiels de l'armée.

Je grimace, mais ça manque de mordant.

— *Bordix*. Où ?

— Dans la ceinture de Midiran.

Je siffle, à voix basse.

— C'est pas un territoire mortel ?

Il acquiesce, la mine sombre.

— Mais on a Mirelle.

Je pince les lèvres.

— En effet.

Même si je concède volontiers que leur équipe est plus forte avec elle, qu'ils peuvent faire des choses qu'ils ne pouvaient pas faire auparavant grâce à elle.

— Soyez prudents.

— Toujours.

Il sourit et touche mon épaule. De l'inquiétude traverse ses traits.

— Tu sembles contrarié. Tout va bien ? demande-t-il.

Bordix, ces mâles Zandians en couple et leur nouvelle sensibilité leur provenant de leur humaine.

Je retire sa main.

— Je vais bien.

— D'accord.

Il n'est pas si sentimental et il sait quand me laisser tranquille lorsque j'en ai besoin. Il me fait un signe de la main et s'éloigne en joggant vers son vaisseau. Je suis soulagé de le voir décoller.

Après son départ, je récupère le scanner et l'ouvre. J'insère le nouveau composant sur lequel je travaillais au cours du dernier cycle solaire.

Mon cœur commence à battre plus fort, parce que j'ai pris ma décision depuis si longtemps.

La capacité de notre scanner a une limite. Mais j'ai découvert un moyen d'exploiter les satellites Ocretian et trouver des transmissions qui rebondissent sur eux, étendant ainsi notre portée de plusieurs millions d'années-lumière. Dans des parties de la galaxie qui avaient toujours été obscures pour nous. Silence.

Oh, bien sûr, parfois on peut intercepter une communication si on les cherche. Mais c'était une vaste vague de transmissions, comme si j'ouvrais un pipeline.

Je peux seulement rêver de ce que je vais apprendre. Il y aura certainement quelque chose d'utile pour Zandia. Peut-être la chose que je désire plus que tout.

Ou du moins celle que je pensais vouloir depuis si longtemps.

K*ianna.*

— A lors, j'ai parlé à certains de mes élèves ce que tu as fait.

Mirelle prend une pomme et mord dedans. Du jus coule sur son menton et elle l'essuie avec une main, avant de faire de même avec elle sur son pantalon de vol sale. Nous sommes dans l'espace repas où plusieurs humaines se réunissent pendant la rotation planétaire pour manger ensemble.

— Ce que j'ai fait ? Qu'est-ce que tu veux dire ?

Je cligne des yeux et pose ma fourchette.

— Mirelle ?

— Ce que tu as fait pour moi.

Elle mâche et déglutit.

— Tu sais quand tu es entré dans ma tête pour m'aider à retrouver mon mouvement.

Mon estomac se retourne.

— Mirelle ! Tu n'étais pas censée en parler.

Elle cligne des yeux.

— Ce que tu as fait ? C'était fantastique. On doit le partager. J'ai fait mon cours et, par la Terre, tous les jeunes guerriers peuvent le faire. C'est incroyable. Sans toi, ça n'aurait pas pu se produire.

— Mais c'est intime.

Je n'ai plus faim. Je repousse mon assiette, laissant mon fruit sans y avoir touché.

Mirelle se glisse plus près de moi sur le banc. Elle baisse la voix.

— Je pense que tu pourrais le faire pour d'autres. Et que ce serait aussi bien pour toi que pour eux.

Mon cœur commence à battre la chamade.

— Je peux à peine le faire pour moi. J'ignorais même si ça fonctionnerait pour toi. Et ça a réussi certainement parce que nous sommes amies.

— J'ai essayé de le faire pour Sparr, mais je ne connais pas la façon de procéder. S'il te plaît, tu pourrais essayer ?

Elle me prend la main.

— Il est si intelligent et doué, mais il est sur le point d'abandonner les cours de combat pour rejoindre les ouvriers agricoles. Je sais que s'il parvient à passer ce cap, il pourra atteindre un autre niveau, insiste-t-elle.

— L'aider à faire quoi ?

Je croise les bras.

— Comme quand j'étais coincé avec mon mouvement ? Il a du mal à se souvenir de la suite d'action nécessaire pour un...

Elle enchaîne avec des choses qui sont confuses pour moi, parce que ce sont des termes du monde guerrier.

Le sang rugit à mes oreilles.

— Non, je ne peux pas.

— Mais je lui ai déjà dit que tu le ferais.

La voix de Mirelle est patiente.

— Oh par la Terre. Tu es mauvaise.

Je lui lance un regard noir.

— Tu n'avais aucun droit de t'avancer pour moi, je m'exclame.

Toutefois, une part de moi prend vie. Je me souviens comme je m'étais sentie bien en aidant Mirelle. Pourrais-je le refaire ? Pour quelqu'un d'autre ?

Elle penche la tête.

— Je suis désolée. Mais c'est important. Et tu as dit que tu voulais être plus combattante, non ? Ça les aide. Il patiente là-bas.

Elle indique un endroit derrière notre bosquet pour le déjeuner, et je le vois – un grand et beau guerrier poireautant sous un arbre. Son langage corporel montre sa tension. Comme s'il attendait une mauvaise nouvelle.

— D'accord, mais Mirelle, tu m'en dois une.

Elle prend une autre bouchée de sa pomme et la pose.

— Bien. On peut y aller maintenant ? Je lui ai dit que tu le ferais rapidement.

— Oh, par la Terre. Tu vas m'en devoir plus d'une. Plutôt sept.

— C'est de bonne guerre. On peut laisser nos affaires et revenir.

Elle indique nos plats.

De loin, le jeune mâle semble aussi contrarié que moi.

À notre approche, il lève les yeux. J'oublie mon anxiété en voyant l'expression sur son visage, chargée d'attentes et d'espoir. Tout ce que je sais, c'est que je souhaite lui tendre la main.

— Bonjour.

Il lève son poing dans un angle de 90 degrés, comme la tradition zandianne le veut quand on rencontre quelqu'un pour la première fois.

— Moi, c'est Sparr. Mirelle me dit que tu pourrais peut-être m'aider avec un... problème, dit-il en inclinant la tête en direction de l'intéressée.

Il déglutit. Je peux voir que sa fierté zandianne lui rend la tâche difficile. Ils n'aiment pas demander l'assistance des autres.

Je prends une inspiration.

— Je ne sais pas si j'y arriverai. Mais je peux essayer.

— Elle va faire son truc, promet Mirelle en lui touchant le bras.

Il fronce les sourcils.

— Je ne suis pas accoutumé à une telle proximité. Mirelle dit qu'on doit se tenir les mains.

— Je comprends.

Je hoche la tête. Ce que j'ai fait avec Mirelle était définitivement personnel, d'une façon à laquelle les Zandians ne sont pas réellement habitués.

— Tu peux peut-être t'asseoir plus en retrait. Tu n'as pas à avoir de contact physique. Écoute seulement ma voix et entraîne-toi pour les exercices de respiration que je t'enseignerai.

— Cela me semble acceptable.

Son ton montre sa tension. Il regarde autour de lui, comme s'il cherchait de l'intimité.

— On peut aller dans le dôme de combat, indique Mirelle. C'est fermé et il n'y aura personne à cette heure-ci.

En marchant, j'essaie de me synchroniser avec l'essence

de cet être. Il est nerveux, mais fort. Jeune, sans être entêté ; je peux le voir dans la manière dont il se déplace et se tient. Il est réticent, je pense – pas seulement avec les mots, mais aussi ses gestes. Comme s'il ne se faisait pas confiance encore.

Comme Mirelle, il apprend rapidement les techniques de respiration. En revanche, contrairement à elle, il refuse de fermer les yeux et se décontracter.

— Je garde les yeux ouverts. Je dois rester en alerte en tout temps.

Il les fixe sur moi, les épaules tendues.

— Je comprends.

Je regarde les alentours.

— Peut-être que Mirelle peut monter la garde pendant que tu te détends, proposé-je.

Il considère la suggestion. Fronce les sourcils.

— Je ne suis pas sûr.

— Tout va bien, dit Mirelle en partant vers à la porte. Fais-moi confiance, Sparr.

Il hésite avant d'acquiescer.

— Très bien.

Il ferme les yeux bien fort.

— Et maintenant ?

— Maintenant, on respire.

Alors que nous sommes assis là, je ressens tout d'abord une énergie brisée. Mais lentement, pendant que je parle, je sens que ma voix le détend, parce que le courant entre nous commence à bourdonner. Pas de manière audible, bien sûr, mais dans mon imagination. Je peux le visualiser dans mon esprit, des brins de lumières bleues et jaunes se connectant à nos poitrines.

— Détends-toi et concentre-toi sur l'étoile de Zandia. Tout ce que tu vois, c'est elle.

Ma voix est mielleuse. Ses yeux papillonnent et se détendent enfin. Il est assis devant moi sans avoir tous ses muscles contractés.

Pendant que je parle, je sens que c'est le bon moment.

— Maintenant, tu peux penser à ta tâche. Qu'est-ce que c'est ?

— Je dois mémoriser la séquence pour le...

Et il dit la chose que Mirelle a mentionnée et je comprends encore moins cette fois.

Mais ce n'est pas grave si je ne saisis pas. C'est lui qui doit le faire.

— Tu le sais déjà. Refais-le, dans ton esprit. Lentement. Méthodiquement. Étape par étape. Tu le connais par cœur. Laisse ton corps l'exécuter.

Il se balance d'avant en arrière, bouge les mains, serrant et desserrant les poings.

— Dis-moi ce que tu fais.

Je me concentre sur la lumière.

— J'entame l'auto-seg, commence-t-il. Puis j'ajuste les variables d'entrées.

Il poursuit, sa voix est forte et coule d'elle-même pendant une bonne dizaine de minutes. Il fait une longue récitation d'instructions compliquées – et je n'exagère pas. De plus, elles sont assez ennuyantes. Mais pendant tout ce temps, son corps est mou et détendu, son débit sans accroc.

Quand il a terminé, il respire profondément.

— C'est tout.

J'acquiesce.

— Tu l'as. Le sens-tu en toi ?

Il incline la tête.

— Oui.

Il soulève ses paupières. Les cligne. Il semble désorienté pendant une seconde et il fronce les sourcils, comme s'il se concentrait. Il bouge les lèvres, comme s'il récitait quelque chose, puis ses yeux s'écarquillent de surprise et de joie.

— Je le sais. Je le sais !

Il se relève d'un bond.

— Par les étoiles, je le *sais* ! s'exclame-t-il.

Il paraît incrédule, puis déterminé.

— Mirelle, c'est bon maintenant. Je peux le faire, assure-t-il.

Il tourne les talons avant de revenir vers moi. Il incline la tête solennellement.

— Merci.

— Je t'en prie.

Il ouvre la bouche, comme s'il voulait dire quelque chose de plus, mais secoue la tête.

— Je dois y aller.

Après son départ, Mirelle me serre dans ses bras.

— Oh, Kee, je savais que tu pourrais y arriver.

Sa voix est triomphante, et quand je la regarde, elle a des larmes au bord des cils.

Je suis confuse.

— Pourquoi *tu* pleures ?

— Parce que tu en avais besoin.

Elle renifle et s'essuie les yeux.

— Kee, tu as un don. Et si tu le partages, je pense que tu seras plus heureuse. Je le sais. Je veux t'offrir ça. Je souhaite que tu sois plus heureuse.

Sa voix est chevrotante.

— Je ne vois pas de quoi tu parles.

Mais de la chaleur se propage en moi, comme un rayonnement.

— Ça te fait du bien d'aider les autres ? Bon, tu le fais tous les jours au travail. Mais quelque chose comme ça, d'unique ?

Elle rive son regard sur le mien et me serre la main.

— Ce n'est pas autre chose ? murmure-t-elle. Comme si c'était de la magie ?

Je ferme les yeux et me concentre sur la lumière. L'herbe bruisse sous le vent et Rhianna me prend la main. *C'est ma mère et elle m'aime.*

Je relâche avant de pousser trop loin. Mais le souvenir est en moi maintenant – j'ai été profondément aimée. Je ne retrouverai jamais Rhianna, mais cet amour est en moi et je peux l'utiliser et le partager.

J'ouvre les yeux et Mirelle est là, elle me regarde avec amour. Ce n'est pas ma mère, mais elle est ma meilleure amie. Je lui prends la main.

— C'est magique.

Maintenant, c'est mon tour de pleurer. Tout ce que je sais, c'est que Mykl, Arc et Bow, mon passé, n'auront peut-être plus autant d'importance à l'avenir. Si je peux aider les gens et partager ce superbe sentiment, ça remplira assez ce vide pour continuer.

CHAPITRE SIX

K*ianna*.

Je cherche les ennuis. *Littéralement*.

Je reste à mon poste, les jambes nues, légèrement écartées, les fesses tendues. Avant de venir au travail, j'avais revêtu une courte tunique trop petite sans legging et des cuissardes. Le tissu épouse mes formes et les bottes mettent mes jambes en lumière. C'est aussi provocateur que je l'espérais.

Avoir envie d'être punie par Mykl est, au mieux, masochiste. Je sais comment tout ça va se terminer – il va me rejeter à nouveau. Je n'arrête pas de penser à sa dernière correction. Et la manière dont il a facilement pris possession de mon corps, en déversant sa frustration sur mes fesses, puis dont il m'a donné du plaisir ensuite. M'a laissé lui en procurer.

J'en veux encore.

J'en ai besoin.

Après notre conversation, je ne me berce plus d'illusions sur la possibilité de repousser ses barrières et espérer qu'il m'accepte. Je comprends qu'il croit ne pas pouvoir. Mais ça ne change pas mon désir d'avoir son attention.

J'entends la porte s'ouvrir et se refermer derrière moi. Les pas lourds de Mykl résonnent et s'arrêtent. Puis ils reprennent. Ils viennent rapidement dans ma direction. J'efface mon sourire.

— Kianna. *Bordix*, tu veux bien me dire ce que tu portes ?

Le grognement profond de Mykl me va droit au cœur. Je me tourne et lui fais mon plus beau regard innocent.

— Qu'est-ce qu'il y a ?

Ses yeux parcourent ma silhouette, s'attardent sur mes jambes. Il déglutit et je remarque la bosse dans son pantalon qui grandit. Pendant un long moment, aucun de nous ne bouge, sauf si on compte la manière dont ses cornes s'épaississent et s'inclinent dans ma direction. Ses iris brillent de la teinte améthyste distinctive des Zandians, comme deux gemmes étincelantes. Quand ils remontent vers mon visage – avec un effort apparent – ils se plissent.

— Tu penses que c'est un jeu, petite humaine ? Provoquer ton maître et aller glousser avec tes amies plus tard ?

Je retiens mon souffle. Je ne veux pas répondre d'une façon qui pourrait retarder ma punition.

— C'est ça ? demande-t-il d'une voix cinglante.

Je force mes lèvres à bouger.

— Non, maître.

Je ne l'appelle jamais comme ça d'habitude. J'avais l'habitude d'agir de manière trop familière, défiant son lourd besoin de formalités et sa vision du respect un peu vieux jeu. Défiant ses croyances sur le rôle que les humains jouent avec les Zandians. Je n'ai jamais souhaité avoir le sentiment d'être une esclave et de me plier à son autorité.

Jusqu'à maintenant.

Ou peut-être que j'ai toujours voulu céder, mais avec une petite correction d'abord.

À ma grande satisfaction, il me prend le bras et me fait tourner pour que je sois face à mon poste de travail. Une large main se pose sur ma nuque et pousse mon torse contre mon bureau.

— Tu as envie d'exciter ma queue, Kianna ?

Sa main s'écrase sur mes fesses, bien fort.

Je réprime mon gloussement en l'entendant dire *queue*. Je ne pensais pas qu'il puisse être grossier. Je laisse mes hanches remuer, une ondulation subtile pour que mon postérieur l'attire.

Ça fonctionne.

Il déplace sa paume de mon cou pour la glisser entre mes omoplates pour me tenir pendant qu'il me donne la fessée. Il est passionné et dur, chaque claque brûle quand arrive la suivante. C'est exactement ce que je désire. Me satisfaisant à un tout autre niveau.

C'est une connexion.

Une satisfaction.

Une complétion.

Non, pas de complétion. Pas encore. Mais on peut toujours rêver.

La main de Mykl se saisit du bas de ma tunique et la remonte sur ma taille. Son souffle se coupe lorsqu'il découvre ce que je porte en dessous. Ma culotte est en soie d'araignée noire avec un petit nœud derrière mes jambes et une coupe faite pour épouser la forme de mes fesses. Amber nous en avait commandé une paire chacune quand elle s'était liée avec ses compagnons, mais je n'avais pas essayé la mienne avant aujourd'hui.

Il marmonne un juron en Zandian que je n'avais jamais entendu auparavant.

— Enlève ta culotte.

Sa voix est tendue, comme s'il se retenait à peine de me la retirer lui-même. L'idée que mon boss coincé puisse perdre le contrôle fait palpiter mon sexe de désir. Je faufile mes pouces sous la taille de mon sous-vêtement et je mets en scène la descente lente de celle-ci en la glissant de mes hanches vers mes bottes. Je l'enlève complètement et il me l'arrache quand je me redresse.

— Remets-toi en position.

Avec plaisir.

Je me penche à nouveau sur mon poste, écartant un peu les cuisses.

Il pose une main sur mon dos et commence à me donner la fessée, vite et fort. Je dois me concentrer pour rester en place, parce que l'envie de m'éclipser est immédiate. Il ne s'arrête pas avant que mon derrière soit rouge et brûlant, ensuite il s'en prend à mon entrejambe.

Je lance un cri de surprise, je rentre les fesses et ramène mes pieds l'un contre l'autre.

Il claque l'arrière de mes cuisses.

— Écarte ces jambes. Tu voulais que je voie ta belle petite chatte. Montre-la-moi.

Je ne peux m'empêcher de gémir. Il exprime à la fois mon désir dévergondé et ma peur. Mon cœur bat la chamade d'excitation. Je lui obéis en mordillant ma lèvre inférieure.

Une nouvelle claque atterrit sur ma fente mouillée et gonflée. Le son de la fessée est charnel. Je gémis.

— Si tu penses que je vais te donner du plaisir cette fois, tu te méprends lamentablement, dit-il en me frappant à nouveau le sexe.

Mes yeux se révulsent.

Il se trompe totalement, comme d'habitude.

Il m'en procure. Je vais jouir uniquement avec les tapes sur mon intimité. Mon derrière brûlant et la position humiliante ajoutent seulement à l'érotisme du moment. Une autre claque. Je retiens mon souffle, puis je le relâche avec un miaulement. La main sur le bas de mon dos se déplace sur le haut de mon bassin et quand il me tient, mon postérieur est encore plus incliné. Il m'écarte les fesses, dévoilant mon sexe.

Il commence à me donner des petits coups rapides et légers. Ces tapotements m'excitent jusqu'à ce que je doive me mordre les lèvres pour m'empêcher de crier.

J'ai besoin de me toucher. J'ai terriblement envie de lui.

Je laisse un gémissement m'échapper et Mykl s'arrête brusquement comme s'il venait de réaliser qu'il me procurait du plaisir.

Non.

Ne t'arrête pas.

Dans tous mes états, je m'éloigne de la table et pose la main sur mon pubis. Je frotte, frotte, frotte, jusqu'à ce...

Des étoiles, oui.

Par notre douce Terre.

— Je t'ai dit que tu pouvais jouir ? gronde Mykl.

Je sursaute à l'intensité de sa réprimande, et quand je jette un œil par-dessus mon épaule pour voir son expression, je pense qu'il est surpris. Pendant quelques secondes, on se fixe, haletants. Je veux qu'il m'embrasse. Ou me prenne.

N'importe quoi sauf partir.

Je lance un regard à son sexe tendant son pantalon. Me laisserait-il lui donner...

Il fronce les sourcils et secoue rapidement la tête.

— Non, dit-il après une seconde.

Sans me quitter des yeux, il étire le bras vers l'étagère

au-dessus de moi et récupère l'huile de sella – une huile végétale qu'on utilise pour graisser les composants.

— Tu ne vas pas me sucer au cours de cette rotation planétaire, Kianna.

Je le regarde, hypnotisée, pendant qu'il verse une bonne quantité de lubrifiant dans sa paume.

— Et tu sais déjà que je ne peux pas m'accoupler avec toi. Retourne-toi et mets-toi en position. Lève les fesses.

Je saisis ses intentions et mes yeux s'écarquillent.

Il esquisse un petit sourire suffisant, le rendant plus sexy que jamais. Il plonge ses doigts dans l'huile dans sa main et il l'étale sur ma raie, il en applique généreusement autour de mon anus.

Oh, par la Terre, dans quoi me suis-je embarquée ?

Mon cœur bat frénétiquement. En regardant derrière moi, je le vois avec une terreur fascinée libérer sa verge de son pantalon et caresser son long appendice violet avec ses doigts graisseux.

Je gémis presque à la vue de cette ferme virilité, le souvenir de cette barre d'acier douce comme le velours dans ma bouche remontant en moi.

Il écarte mes fesses et niche le sommet de son sexe à l'entrée de mon orifice. Je retiens ma respiration et ferme les yeux.

Il ne se passe rien.

— Ouvre-toi pour moi, Kianna.

La voix de Mykl est suave et engageante. Je ne m'attendais pas du tout à ça. Il est conscient que j'ai peur et il patiente jusqu'à ce que je sois prête.

Le savoir me réconforte et me détend. Pendant que j'expire, il appuie doucement, le sommet de son sexe s'infiltre dans mon entrée.

Je crie, choquée par cette intrusion. Mykl continue

d'avancer jusqu'à ce que le gland ait franchi le cercle serré de mes muscles, puis il s'arrête pendant que je reste haletante, m'habituant à la sensation d'être étirée. À la sensation de plénitude.

— Mykl, le supplié-je.

— Tu te débrouilles bien, Kianna.

Je suis à nouveau surprise par ses attentions, ses encouragements. Malgré tout, il contrôle à peine son désir. Ses doigts sont enfoncés dans mes hanches et je sens ses cuisses trembler contre mes fesses.

— Accueille ton maître, maintenant. Totalement.

Il se glisse plus loin et je me concentre pour demeurer détendue et le laisser entrer. Chaque centimètre me remplit, m'étire. Il me prend tout.

J'ignorais réellement combien j'avais envie de cette domination. Pendant tous ces mois, j'avais poussé et provoqué Mykl, le défiant pour qu'il fasse quelque chose pour cette attirance entre nous. Il a peut-être ses raisons pour ne pas devenir mon compagnon, mais je suis certaine d'une chose : on ne peut pas nier cette attraction chaotique. Et savoir qu'il me prend entièrement – qu'il demande ma soumission totale à son autorité – me semble si *naturel*.

Il entre jusqu'à la garde, puis ressort avant de revenir. Chaque mouvement me change. Réarrange les molécules de mon existence. Je suis complètement sienne. Plus de taquineries, d'irritations. Seulement son contrôle absolu sur mon corps. Son désir égal au mien.

Son plaisir se mélange au mien.

Il fait des va-et-vient en moi, lentement pour commencer, puis plus courts et rapides. Il heurte mes fesses douloureuses avec ses coups de reins, me punissant une seconde fois avec son sexe épais, envoyant des secousses de volupté le long de mes cuisses.

Je plaque ma main sur ma bouche pour étouffer mes cris, parce qu'ils remplissent la pièce – mes miaulements d'excitation se mêlent à ses grognements et ses grondements jusqu'à ce qu'il en résulte une symphonie de sons, recouvrant les claquements de nos chairs.

— Kianna, oui... *bordix*, oui.

La voix de Mykl est rauque, brisée.

— Prends-le, j'insiste.

J'ignore totalement ce que je l'encourage à prendre. Son plaisir ? Mon cul ? Mon cœur ?

Oui, prends tout, Maître. S'il te plaît.

— Je vais jouir, rugit-il en me percutant fort à chaque coup de reins.

— Oui, haleté-je. S'il te plaît.

Il contourne mes hanches et me donne une nouvelle claque sur le clitoris. Mon orgasme surgis alors, des étoiles éclatant et dansant devant mes yeux.

Il mugit et me prend plus fort, plus vite jusqu'à ce qu'il atteigne aussi le sommet et bascule de l'autre côté.

Quand ma vue s'éclaircit, je me retrouve à fixer ma surface de travail, le torse de Mykl appuyé contre moi, me berçant.

— *Bordix*, Kianna.

Ses lèvres parcourent ma nuque.

— Ce n'était pas... sage. Je suis désolé.

J'ai cette soudaine envie de rire et de pleurer. Je suis consciente que je ferais mieux de ne faire aucun des deux près de Mykl, alors je ne dis rien. Au bout d'un moment, il me relâche. Il va à l'évier et mouille une serviette et la rapporte pour me laver.

— Kianna.

Il semble à nouveau tendu.

Je baisse la tête et je remets ma culotte qu'il me rend. Je la remonte et réarrange ma tunique.

— Tu n'as pas à expliquer quoi que ce soit. Je connais ta position.

Je ramène mon attention à mon poste, récupère la batterie sur laquelle je travaillais et l'examine avec beaucoup plus d'intensité que nécessaire.

— Bien. Dans ce cas...

Je ne le regarde pas.

Au bout d'un moment, Mykl part et je déglutis pour faire disparaître la boule dans ma gorge.

Ça s'est terminé comme je l'imaginais.

Et mon cœur se brise à nouveau en un millier de morceaux.

Je dois arrêter. La seule qui est blessée, c'est moi.

———

M*ykl*

Ça ne devrait pas être aussi douloureux.

Abandonner Kianna à son poste de travail après l'avoir prise si brutalement – une punition et une sodomie – tout cela est mal.

Et pourtant, j'ignore quoi faire d'autre.

Je ne peux pas être avec elle. Je lui ai déjà expliqué pourquoi.

Elle *sait* pourquoi je ne peux pas.

Alors pourquoi me pousse-t-elle dans cette direction ?

Pourquoi je la laisse faire ? J'étais conscient de ce qu'elle tentait de faire et j'y suis quand même allé.

J'en ai autant envie qu'elle.

Et comme la dernière fois, j'avais eu le meilleur orgasme de toute ma vie. C'est comme si Kianna savait ouvrir la part de virilité en moi que j'avais rejetée quand j'avais découvert que je ne pourrais plus servir mon roi en combattant.

Moi, qui suis issu d'une longue lignée de guerriers.

Et c'est pour ça que je dois m'accoupler avec une Zandianne, comme je l'ai promis à mon père.

Je ne peux laisser se reproduire les récents événements avec Kianna. Je ne réussis qu'à la blesser et elle est le dernier être sur Zandia que je souhaite faire souffrir. Elle est bien trop précieuse pour être traitée comme une esclave sexuelle que je pourrais plier et prendre selon mon bon vouloir.

Non, elle mérite un être qui pourrait devenir un véritable compagnon. Lui offrir l'amour et les rires que désirent les humains.

Même si je n'avais pas fait une promesse pour Zandia, je ne suis pas capable de nourrir une relation avec une Terrienne. Je n'ai pas la sensibilité nécessaire.

Non, Kianna est mieux sans moi. Et si je dois la transférer chez un autre maître pour éviter de la toucher, je le ferai.

CHAPITRE SEPT

M *ykl*

J'attends depuis si longtemps que quand j'entends les paroles de deux pirates de l'espace éloignées, je ne le crois pas au départ.

Je fais tomber le syntoniseur automatique et il cliquette sur la table de travail quand je me saisis du scanner comme si, en le tenant, je pouvais m'approcher.

— Une femelle Zandian... Secteur B... Aux enchères sur Segron 8.

Puis il y a des parasites, mais j'ai ce dont j'avais besoin. J'active mon communicateur.

— Maître Seke !

On sent une détresse féroce dans mes paroles.

— Mission urgente demandée. Il y a des rumeurs d'une femelle Zandian dans une vente aux enchères.

Seke répond immédiatement.

— Où ?

Son excitation tendue transparaît.

— Dans le secteur B de Segron 8.

— On n'a jamais été dans cet espace aérien.

La voix de maître Seke est pincée.

— Les pilotes vont endurer un saut en hyperpropulsion cinq fois supérieur à la normale juste pour arriver dans ce territoire. C'est plusieurs années-lumière plus loin que ce que nous avons déjà visité.

Il marque une pause.

— De plus, on n'a pas de navigation automatique dans cette région. Les bandes solaires sont mortelles, ajoute-t-il.

— Tu sais qu'on doit le faire.

Ce n'est pas une question. J'élève la voix.

— J'étudie les cartes stellaires depuis des cycles solaires. Je les ai mémorisés, dis-je d'un ton sec devant l'urgence. Je les connais comme la paume de ma main. On peut y arriver.

— Tu n'es pas pilote. Tu n'as même pas été formé pour ça.

Je sais ce qu'il me dit entre les lignes : *Tu n'es pas un guerrier.* J'ai continué l'entraînement pour le combat avec maître Seke dans la capsule magnifique, mais quand ils sont ensuite passés dans celles d'entraînement pour les cours de pilotage, j'ai été mis à contribution à l'ingénierie à cause de mes problèmes pulmonaires. Mes mains tremblent et je serre les poings.

— Je n'ai pas besoin de faire partie de l'équipe d'extraction au sol. Envoie-moi pour la navigation. Je vais rester à bord une fois qu'on sera arrivés sur place et je surveillerai le vaisseau. Je dois le faire. C'est ma destinée.

Des parasites, puis il aboie des ordres, de toute évidence sur le canal ouvert pour tous les guerriers.

— Équipe A : Lanz, Domm, Mirelle et Hektor, aller voir Dr Daneth immédiatement pour une préparation poussée pour l'hyperdrive et les instructions. Équipe B : Arc, Bow, Sparr décollez d'urgence, et soyez prêts à traîner vers la

frontière du Secteur B au cas où votre aide serait nécessaire. Restez connectés pour des directives
supplémentaires.

Mon communicateur personnel bipe et la voix de maître
Seke retentit.

— Mykl : Rejoins l'équipe A dans les quartiers du Dr
Daneth. Mais si tu as la moindre hésitation quand il sera
temps de faire de la navigation manuelle, tu annules tout
immédiatement. C'est clair ? Je ne vais pas perdre mes
meilleurs guerriers pour une mission incertaine.

— Compris.

Je me rends au dôme de santé, où mes amis font déjà
leurs injections et leurs transfusions. Acceptant les masques
respiratoires et les kits d'appareils.

C'est dangereux, mais tout le monde sur notre planète
sait que quand on entend parler d'un Zandian isolé, mâle
ou femelle, on va le ou la chercher. Cela fait partie de notre
mission, notre honneur, nos vies.

Peut-être que je ne suis pas le guerrier que j'aurais dû
être. Mais je peux aider à diriger, et ensuite – quand on aura
sauvé la femelle zandianne – je la prendrai pour compagne
et accomplirai la promesse faite à mon père.

Je devrais être excité. Je le *suis*.

Non ?

· · ·

— **B***ordix*, c'était le saut en hyperpropulsion le plus horrible que j'ai fait.

Le ton de Lanz est embrumé. Il secoue la tête et se ressaisit.

— Par les étoiles, c'était violent. Contrôle de l'équipe. Tout le monde va bien ?

— Bien.

— Non.

Domm répond avec assurance.

— Je vais bien.

Ma voix me semble lointaine, mais elle devient plus sûre en continuant à parler.

— Pareil.

J'ai la poitrine comprimée. Je n'ai pas fait de saut depuis plusieurs cycles solaires et je n'y suis pas habitué. J'espère seulement que mon corps et mes poumons vont tenir sur la planète où auront lieu les enchères et où l'atmosphère est plus mince et haute. Elle contient aussi des gaz fluorés qui sont difficiles à gérer avec aisance, même pour les guerriers les plus en forme.

— Je vais bien, intervient Hektor, l'autre membre de l'équipe.

— C'est bon, annonce Mirelle d'une voix régulière. Je n'ai pas trouvé ça si mal.

Lanz se tourne vers elle.

— C'est ta physiologie plus souple. Une fois que les humains sont habitués à l'hyperespace, ils excellent à résister aux pressions quand ils reçoivent la préparation adéquate.

— On remercie les étoiles pour le Dr Daneth, dit Hektor en se raclant la gorge. C'était brutal. Je n'arrive pas à imaginer comment on aurait survécu sans son aide.

— On va avoir besoin de toi aux commandes, Mykl. On entre dans les bandes solaires.

Le ton de Domm est neutre, mais je vois l'urgence dans ses yeux. Souviens-toi ce que maître Seke a dit. Si tu as la moindre hésitation, on annule tout. Pas de honte, pas de répercussion. C'est une mission dangereuse et on ne va pas mettre nos vies en péril.

Je hoche la tête.

— Je vais bien et je peux le faire. Je vais ajuster les modes automatiques quand nécessaire.

J'ai mémorisé les cartes. Surtout la partie où on a besoin de naviguer manuellement pour entrer dans le territoire aérien de Segron. Mes doigts volent sur la console, et je ressens juste une grande impatience.

— Segron est populaire chez les Finns. Dr Daneth nous a donné des masques à porter dans l'éventualité où ils relâcheraient des gaz neurotoxiques pendant le sauvetage. J'espère seulement qu'ils n'ont pas blessé notre femelle par méchanceté.

Domm parle à voix basse, sérieusement.

— Aucun d'entre nous ne doit avoir de trop grosses attentes. Elle pourrait être... irrécupérable.

Je ne suis jamais nerveux. Mais la mention du gaz neurotoxique et de la cruauté, rendant les Zandians inutiles, me fait tourner la tête. Pendant une seconde, je suis de retour à l'école et je respire l'épaisse fumée nocive noire et verte. Mes poumons me brûlent et je...

Bordix. Mes yeux se floutent et je me frotte le visage.

Je regarde à nouveau l'écran. Je suis horrifié. Ma concentration est complètement détruite. Mes yeux glissent sur les bandes solaires. Je suis incapable de réfléchir.

Je prends une inspiration.

Mirelle est à mes côtés en un clin d'œil. C'est troublant la façon qu'a cette humaine à lire en nous, les Zandians.

— Qu'est-ce qui ne va pas ?

— Je n'arrive pas à me focaliser. J'ai besoin d'une seconde pour m'ajuster.

— On n'a pas une seconde. Il faut que tu sois au top maintenant, lance-t-elle avec fermeté. Si tu ne peux pas le faire, on doit renoncer.

— Je *peux* le faire, m'exclamé-je en élevant la voix. J'ai seulement...

— Quel est le problème ?

Domm regarde par-dessus mon épaule. Je grogne.

— Je n'arrive pas à me concentrer sur l'écran.

— Alors tu vas devoir trouver un moyen, dit-il. Ou faire machine arrière. On a environ deux minutes avant de se lancer.

— Je le sais.

Ma tension monte. Mais mon esprit refuse de coopérer. *Bordix.* Je rugis. Je suis sur le point de dire « annulez... » quand Mirelle s'empare des commandes et appuie sur un bouton. Sans avertissement, j'entends Kianna dans mon casque.

— Mirelle ? Tu n'es pas en mission ?

— Je le suis avec Domm, Lanz, Hektor et Mykl. On a besoin de ton aide. Mykl a besoin de toi.

— Mon aide ?

Sa voix monte dans les aigus par la surprise.

— Mykl ?

L'entendre prononcer mon nom me retourne les tripes. Comme si elles se soulevaient et se réarrangeaient. J'essaie d'ignorer le sentiment de culpabilité qui me submerge. J'ai l'impression d'être infidèle. Ce n'est pas le cas. Je ne lui ai jamais promis quoi que ce soit. Elle sait que c'est la seule destinée honorable pour moi.

— Mykl n'arrive pas à se concentrer. Parle-lui pour arranger ça.

Le ton de Mirelle est un peu désespéré. Mais aussi confiant.

Au début, je suis horrifié qu'elle dise ça devant tout le monde, incluant Kianna – ce qui est pire que tout.

— Kianna est une technicienne, Mirelle. Pas une combattante. Elle ne connaît rien de tout ça !

Je frappe la console du poing.

— Elle a un don, insiste Mirelle en me touchant l'épaule. Elle réussit à entrer dans la tête des gens pour les aider à faire des choses. Ça paraît fou, mais crois-moi, ça marche.

J'examine le reste de la cabine. Chaque être présent est tendu. Ils nous regardent, Mirelle et moi. Je suis conscient comme cette mission compte pour nous tous. On ne peut pas venir aussi près du but pour échouer – à cause de moi.

Ça semble insensé. Mais pour une raison quelconque, je suis confiant, Mirelle sait ce qu'elle fait. Elle n'est pas une des meilleures pilotes de Zandia parce qu'elle commet des erreurs. Si elle affirme que Kianna peut m'aider, alors je la crois.

— Explique-lui ce qui ne va pas. Ensuite, fait exactement ce qu'elle dit.

Mirelle se penche en avant.

— On n'a pas beaucoup de temps. Si tu n'y arrives pas, on va devoir faire demi-tour, ajoute-t-elle.

— Si on doit faire demi-tour, ce n'est pas grave, intervient Domm en secouant la tête. On doit prioriser notre sécurité.

— On n'a pas le choix, répliqué-je. Si on ne fait pas ça

maintenant, la femelle zandianne aura disparu. On ne la récupérera jamais.

— Alors, parle à Kianna. Qu'est-ce que tu as à perdre ?

Le ton de Mirelle est doux, mais ferme.

J'acquiesce.

— Très bien.

Je touche mon oreillette, comme si ça pouvait me rapprocher de Kianna.

Sa voix me remplit la tête.

— Mykl, dis-moi ce qui ne va pas.

— Je n'arrive pas à me concentrer.

Je ne parviens pas à décrire le problème correctement.

— J'ai mémorisé la route à travers les bandes, mais je ne la retrouve plus. Elle est perdue quelque part en moi.

— D'accord.

Elle prend une inspiration et je l'imagine. Le petit froissement entre ses sourcils quand elle se concentre. Le mouvement de ses lèvres pleines aux couleurs de fruit rouge.

— Ferme les yeux. Je veux que tu respires profondément. Fait comme moi, d'accord ?

À travers le communicateur, elle respire de manière audible et j'essaie de l'imiter pour que mon souffle coïncide avec le sien. Ses inspirations et ses expirations sont plus lentes que les miennes, mais au bout de quelques minutes, une sensation de calme me submerge.

C'est comme si elle pouvait le percevoir.

— Maintenant, je veux que tu respires encore plus profondément. Tu comptes jusqu'à trois en inspirant, ensuite, tu fais la même chose en expirant. Concentre-toi sur l'étoile zandianne. C'est tout ce que tu vois, au centre de ton front et de ton esprit. Tu la regardes et continues simplement l'exercice.

J'imagine l'étoile, aux rayons chauds, argenté et blanc, brillante, au cœur de mes pensées.

Kianna parle toujours, mais ses paroles coulent comme un mélange apaisant de sons, et tout devient calme pendant que l'astre pulse, de plus en plus éclatant, dans ma tête.

Je ne me suis jamais senti aussi près d'elle – ni de n'importe qui. Pendant une fraction de seconde, quelque chose en moi recule devant la mission. Pourquoi suis-je ici ? Pourquoi ne suis-je pas là-bas, pour la faire mienne ? En cet instant, tout semble clair – elle est faite pour moi, même si elle est humaine. Comment ai-je pu en douter ?

Quand elle me suggère de penser aux bandes solaires et de revoir le chemin dans mon esprit, c'est la chose la plus facile à faire. Il est là, devant moi, aussi précis et brillant que jamais. La voie mémorisée se dévoile dans ma tête, limpide et évidente. Sa voix me guide vers lui et ensuite je fais le reste. Et le voilà.

J'ouvre les yeux et prends les commandes. Nous sommes à la frontière et il n'y a plus de temps à perdre. Mais je peux y arriver maintenant.

Je ne peux lui expliquer combien elle a aidé, mais je parviens à dire :

— Kianna, mon amour, merci.

Je ne sais pas pourquoi j'ai utilisé ce mot. Et je ne peux y réfléchir pour l'instant, parce que je dois entrer en action.

— Course déviée vers X-7.

Mes mains volent sur les commandes pendant que je manœuvre entre les faisceaux de flux changeants.

— Ajustez vers X-8 X012.

Mirelle met un terme à la communication avec Kianna et je sens l'espace se relâcher, comme si elle était là avec moi, dans mes bras comme avant. Mais je n'ai pas le temps de penser à ça non plus.

C'est une danse pour faire bouger cet appareil, et nous travaillons d'arrache-pied dans l'espace jusqu'à ce que la planète se profile, éclatante depuis notre point d'observation, avec toutes ses lunes et ses satellites tournoyants en orbite.

On est arrivés. Et il est l'heure de passer à l'action.

M*ykl*

— **B***ordix*, ils sont où ?

Je jette sans cesse un œil à mon appareil de communication, mais il reste noir. Silencieux.

Je suis dans notre vaisseau – toujours masqué, garé sur une parcelle de désert à plusieurs kilomètres du dôme de vente aux enchères. Je suis en sentinelle avec Hektor.

Mais je me meurs à l'intérieur.

Il y a une femelle Zandian ici et je n'aide pas à la secourir.

— Ils devraient être de retour maintenant, sifflé-je.

Hektor scrute les écrans dans l'espoir d'y apercevoir de l'action.

— Patience. On ne sait pas quels obstacles ils peuvent rencontrer.

— Tu connais les protocoles. Si une équipe met plus d'une fois et demie le temps escompté, on envoie des renforts.

Hektor consulte le communicateur à son poignet.

— Ils sont toujours dans les temps.

— Ça ne va pas. Il y a quelque chose que je ne sens pas dans tout ça.

Je fais les cent pas dans le vaisseau et regarde par les vitres.

— Je pense qu'ils ont des ennuis.

— Commandant Lanz nous a spécifiquement ordonné de ne pas les suivre sauf s'ils dépassent le temps maximum.

Je prends une décision.

— J'y vais.

Je récupère ma veste et mes armes.

Hektor se renfrogne.

— Nous sommes tous les deux censés rester ici.

— Ils ont besoin de moi. Et une seule personne est nécessaire pour monter la garde.

Je mets mon masque ayant une technologie de camouflage pour éviter d'être reconnu comme étant un Zandian et le casque qui cache nos cornes.

Je m'entraîne toujours, combattant ou pas, et la course pour aller au dôme est facile.

Quand j'arrive, je ralentis et me mêle à la foule d'êtres venant de partout sur le petit aérodrome. Je garde les yeux baissés et mon pas assuré. C'est un endroit où les gens ne posent pas de questions et personne ne veut interagir plus que nécessaire. Ce n'est pas difficile de faire comme si j'étais à ma place.

Les dômes de ventes aux enchères puent toujours, et pas dans le bon sens du terme – des corps non lavés, de la peur et du sexe. Je n'y avais pas mis les pieds depuis plusieurs cycles, et j'ai du mal à garder mon sang-froid quand je passe les portes du vaste espace aux lumières tamisées.

Les cris et l'abjecte misère des esclaves, attachés,

suppliants, me remplissent d'une rage impuissante, si forte que je serre le poing. Je dois prendre une grande inspiration pour ne pas commencer à tuer les esclavagistes au hasard à droite et à gauche.

J'ai une mission. Je marmonne des excuses à la seule véritable étoile et j'examine les alentours, cherchant mes coéquipiers. Et la femelle zandianne.

Je joue des coudes à travers une foule d'acheteurs rassemblés autour d'une créature mince et verte enchaînée dans une cage de fer rudimentaire. Son propriétaire la touche avec un bâton électrifié et elle hurle ; le public rit et se bouscule en criant des nombres. Des stein.

Ses yeux sont lumineux et humides. Je détourne le regard parce que si je continue, je... vais foutre le *bordix* ici. Notre galaxie est un *bordix* sans nom, tout comme la manière dont les êtres se traitent mutuellement.

Je grogne et marche plus vite. Je baisse la tête parce que je pense que la colère dans mes yeux pourrait brûler comme un laser et rendre évident que je suis là pour une seule raison : sauver.

C'est à ce moment que je les trouve. Mes cornes se mettent en alerte à la vue de la femelle Zandian.

Mon pressentiment était bon – il y a des ennuis.

Lanz est supposé essayer d'acheter son droit de sortie avec des steins – je le vois. Mirelle, déguisée en mâle, est en retrait, et Domm est de l'autre côté du dôme.

Mais la foule crie et pousse, encore plus frénétique que celle autour de la créature verte, et je peux dire que ça ne va pas bien se terminer.

Je rive mon regard sur celui de Lanz et je remarque immédiatement qu'il est heureux que je sois là. Nous allons devoir nous emparer d'elle et courir, parce que cette foule est hors de contrôle.

Alors que je me fraie un chemin en avant, deux Middraxians commencent à se battre à mains nues, puis un des deux éventre son opposant avec ses griffes acérées.

L'odeur des entrailles s'élève comme un nuage de gaz toxique et tout le monde se met à tousser. Un Ocretian marche dans les viscères avec ses bottes, sans être affecté, et lève la main du propriétaire. À moi de jouer.

Les autres reculent, parce qu'il tient un paralyseur à longue portée à sa puissance maximale.

La femelle Zandian me voit. Quand nos regards se croisent, il y a l'excitation de la gratitude. Je sais qu'elle me reconnaît comme faisant partie des siens – les cristaux dans nos cellules s'appellent. En revanche, elle est faible – sans cristal zandian pour lui donner de l'énergie vitale, elle a subsisté uniquement grâce à la nourriture. Ce qui veut dire qu'elle est petite, comme les deux filles de maître Seke qui ont survécu en servitude.

Je pointe du regard Mirelle, Lanz et Domm. Par les étoiles, elle suit mon mouvement. C'est une femelle intelligente. Cela ne me surprend pas ; après tout, elle est Zandianne. Mais c'est toujours étonnant de communiquer avec elle sans parler.

Elle sera une compagne parfaite. Bien sûr, on doit la sauver d'abord.

Domm tourne la main d'une manière que maître Seke enseigne à tous les guerriers. Il indique le système d'attaque 4. Ce qui signifie qu'à son commandement, on va déferler dans une formation préétablie, chacun fera une tâche. Je ne fais pas partie du plan de base, je vais m'ajouter là où ce sera nécessaire.

La femelle écarquille les yeux. Elle est liée avec des cordes et des chaînes, mais Domm a les outils pour les couper. Mirelle a des armes, tout comme Lanz et moi.

— Maintenant.

Domm parle en Zandian, et on se met tous en branle.

En quelques secondes, Lanz a tranché la gorge de l'Ocretian, celui qui avait déjà ses ongles aiguisés sur le corps de notre Zandianne. Les Ocretian n'abandonnent jamais, le tuer était notre seule option si nous ne voulions pas qu'il nous pourchasse sans relâche.

— Hektor, fais planer le vaisseau et rejoins-nous sur le tarmac, aboie Domm dans nos communicateurs, puis il se tourne et fait tomber un Midraxian ravagé.

Mirelle assomme l'esclavagiste avec son coup de pied vrillé et on entend un cri dans la foule abasourdie.

J'utilise mes poings et ma dague pour me créer un chemin. Dès que Domm l'a libérée de ses liens, je la prends dans mes bras.

Elle s'accroche à moi, mais elle s'évanouit, ses paupières se referment et je saisis combien elle est frêle.

— Tu es en sécurité maintenant, lui dis-je en Zandian d'une voix féroce et elle ouvre les yeux d'un coup. Tu es mienne désormais. Je vais te protéger. Tu es mienne. Je vais te prendre pour compagne et m'occuper de toi. Je ne laisserai pas tomber.

Elle me regarde avec émerveillement, et incompréhension peut-être, puis elle perd à nouveau connaissance sur mon épaule.

— Dépêchez-vous !

Je commence à courir, mes poumons brûlent déjà. Je respire plus fort et panique. Le reste de l'équipe combat toujours les attaquants et je dois rejoindre le vaisseau. Je ne peux pas échouer.

Soudain, je sais quoi faire : je me rappelle Kianna. La façon dont elle m'a permis de retrouver les bandes solaires. J'imagine sa douce voix me parlant de l'étoile. Dans mon esprit, je me concentre sur l'orbe brillant et je ne pense à rien d'autre qu'atteindre notre véhicule. Et je vole.

Dès que je franchis les portes du dôme, j'aperçois la lueur de notre vaisseau à travers ma visière – il est invisible pour tous mis à part nous. L'équipe me talonne.

Une fois à bord, nous nous échappons rapidement et sans effort. Notre vaisseau, avec une technologie si avancée, est résistant à toute poursuite, et dès que l'on saute en hyperespace, nous nous retrouvons à des années-lumière.

— Tout va bien ?

Elle soulève ses paupières. Je me penche sur elle, déterminé. Je suis toujours haletant, mes poumons sont en feu.

— Tiens, utilise ce masque. Soigne-toi.

Domm essaie de me donner quelque chose, mais je le repousse.

La femelle ouvre les yeux. Mais plutôt que de se poser sur moi, son regard se rive derrière moi. Vers Hektor. Elle a un cri de surprise et frissonne avant de s'évanouir. Je grogne et me penche en avant.

— Mettez-la dans la capsule de soin !

On l'allonge à l'intérieur et le cristal d'énergie brille tout autour d'elle.

Je prends le sac sur le sol et le place sur ma bouche, respirant la mixture curative qui apaise mes tissus endommagés. Il y a une raison pour laquelle je ne suis plus un combattant – je ne supporte plus les situations extrêmes. *Bordix*, merci pour l'aide inhabituelle de Kianna.

Kianna. Pourquoi penser à elle me fait aussi mal ?

— Laisse-la pour le moment.

Domm lève une main.

— On va fermer la capsule pour maximiser ses soins.

Quand le couvercle pneumatique se rabat, la lumière brille avec plus d'intensité et sa poitrine monte et descend.

— Elle va s'en sortir ?

Mirelle, les yeux écarquillés, pose ses paumes sur le verre, son visage tout contre.

On est tous hypnotisés. On ne voit pas de femelles zandiannes souvent et celle-ci est éblouissante.

— Elle est exquise, chuchote Mirelle. Elle va s'en sortir, hein ?

Aucun de nous n'ose parler.

— Je pense, oui, intervient enfin Lanz. Elle était debout et consciente quand on est arrivés, elle était faible, certainement à force de vivre sans cristaux. Mis à part si elle a reçu de graves blessures, elle devait se remettre et reprendre des forces rapidement.

Hektor serre les poings.

— S'il le faut, je lui donnerai mon sang. Je lui offrirai tout ce dont elle peut avoir besoin.

Sa voix est déformée.

— Je la veux, ajoute-t-il.

C'est à moi de fermer les poings maintenant. Encore une fois, cette brûlure dans ma poitrine.

— Je lui ai parlé en la transportant. Je lui ai dit qu'elle était mienne.

Ce n'est pas bien de la revendiquer ainsi, mais je n'ai pas le choix. Je dois accomplir la promesse faite à mon père. Même si pour la survie de l'espèce, le roi Zander va probablement la donner à pas moins de cinq mâles. Mais je n'ai pas à faire de requête pour la prendre pour compagne. Pas avec le décret du roi pour les Lumières zandiannes.

— Tu penses que ça m'importe ? lance-t-il avec le regard qui s'embrase. Je souhaite juste qu'elle vive. Et qu'elle s'épanouisse. Si elle te choisit, je m'en moque.

Je détourne les yeux.

— Mon frère, je ne veux pas me battre.

Lanz se lève.

— Personne ne va se battre et on a tous besoin de se réapprovisionner. Mirelle, les fluides, maintenant. Pour les autres, utilisez vos exhausteurs de cristaux. Mykl, prends un second paquet pour tes poumons. C'est un ordre.

On se replie, obéissant, jetant des regards vers la capsule de soin pendant qu'on déploie nos kits. Hektor ne parvient pas à la quitter des yeux et je devrais grogner et marquer mon territoire, mais je suis étonnement... peu enthousiaste.

Même en contemplant la femelle que j'ai réclamée, mes pensées reviennent vers Kianna. Son parfum, la sensation de ses cheveux de soie entre mes doigts, sa beauté humaine – différente, mais pas moins exquise. La manière dont elle m'a aidé à vivre ce moment. Je ressens tellement de gratitude envers elle que j'aimerais qu'elle soit là pour la regarder dans les yeux et lui dire combien elle a été héroïque, spéciale.

Dans mon esprit, je l'embrasse. J'imagine sa réaction, ses petits gémissements et ses cris. Je me souviens comme sa peau est douce. Contrairement à celle des Zandians, qui est beaucoup plus ferme et dure. Les femmes zandiannes aiment-elles le même mélange de douleur et de plaisir que les tendres humaines ? Je fronce les sourcils. C'est difficile de croire que ce soit le cas. Bien que, qui sait ?

La femelle remue. Ouvre les yeux. Ils sont brun clair avec un anneau violet. Elle lève une main et le dôme se soulève.

Elle s'assoit, cligne des yeux et se redresse.

— Je suis Alena.

Elle parle en Ocretian, puis elle change, avec hésitation, pour le Zandian. Comme si elle se souvenait à peine des mots.

— J'ai entendu que Zandia était libérée, mais je ne savais pas comment contacter mon espèce. Mais vous m'avez trouvée quand même.

Elle nous regarde tous, chacun à notre tour, mais s'attarde plus sur Hektor. Elle lui fait un petit sourire avant de revenir vers moi. Son sourire s'efface. Elle me fixe, déterminée et résolue.

— Tu m'as revendiquée pendant que tu me secourais, annonce-t-elle en penchant la tête. Je suis reconnaissante pour le sauvetage. Je serais honorée d'être ta compagne.

Je fais un pas en avant et je prends sa longue et élégante main dans la mienne. Elle est fraîche et ferme. Elle ne me procure aucune étincelle ni excitation. Elle est grande, comme moi. Je sens sa force calme dans la manière dont elle se tient.

Elle lance un autre regard à Hektor, puis vers le sol. Ses épaules s'affaissent.

— Moi, c'est Mykl. Je te promets de tout faire pour que ta vie soit parfaite.

J'élève la voix pour attirer son attention faiblissante.

Elle me contemple et je fixe ces yeux semblables aux miens. J'attends de ressentir cette étincelle intense de reconnaissance, comme si nos essences étaient faites pour être ensemble. Mais je remarque qu'elle a des paillettes dorées dans les iris et qu'elle n'a pas la même odeur que Kianna.

Je prends une inspiration et lui serre les mains.

— Parfaite, répété-je.

Comme si mieux l'énoncer rendrait cela plus réel.

C'est tout ce que je voulais. La dernière volonté de mon père, ma promesse, mon héritage. Mes gênes. Elle est celle que j'ai attendue si longtemps.

Pourquoi ça ne semble pas aller de soi ?

CHAPITRE HUIT

K*ianna.*

— J'ai réussi.

Je suis euphorique, je ne crie pour personne d'autre que moi. Seule dans ma chambre. Je danse, virevolte.

— J'ai réussi !

Je l'ai entendu commencer à aboyer des ordres avant que la communication ne soit coupée, et il est évident que peu importe où ils vont – je ne le saurai jamais parce que les missions sont classées secret défense – je l'ai aidé à surmonter un blocage mental.

Je m'assois sur ma couchette stationnaire et je glousse, pleine de joie. Je ne me suis jamais sentie aussi proche de lui qu'en cet instant, alors qu'il est à des centaines de milliers de kilomètres, tellement loin que sans notre vaisseau pouvant faire des bonds, je ne pourrais jamais l'atteindre en un millier d'années.

Mais j'étais dans sa tête et il m'a laissée entrer. Il m'a autorisée à l'aider. C'était si intime et fantastique que je crie et saute à nouveau.

Et il a utilisé le mot *amour*.

Cela va tout changer, j'en suis convaincue. Je me moque de ce qu'il pense ou dit sur les humains – ce que nous venons de partager nous a réellement liés. Il doit avoir une nouvelle image de moi maintenant. Il le doit, tout simplement.

Je vais aller vers lui à son retour. Je serai sur la piste d'atterrissage, sur le tarmac, et dès qu'il sortira du vaisseau, je veux croiser son regard pour savoir si j'ai raison.

Mais quand je me dirige vers le terrain, prête à attendre des heures si nécessaire – quelque chose cloche. Parce qu'il y a environ une centaine d'êtres rassemblés et bavardant.

Au début, je m'inquiète, il y a peut-être eu un incident, jusqu'à ce que je voie leurs visages. Respectueux. Excités. Lumineux.

L'énergie est palpable.

— Qu'est-ce qui se passe ?

Ma voix est hésitante, parce que je pense avoir compris. Quelque chose dans la manière dont les Zandians regardent le ciel, tous ensemble, me l'indique.

— Ils ramènent un Zandian.

J'ignore qui me le dit, mais les mots me traversent tel un poignard.

— Une femelle.

— Par l'étoile. On savait bien qu'il devait y en avoir d'autres quelque part.

— C'est merveilleux !

Même les humains sont excités – tout le monde sauf moi. Pourquoi ne le seraient-ils pas ? On aime tous Zandia. Qui ne souhaiterait pas retrouver plus de nos hôtes, dont l'espèce est presque éteinte, dans les coins reculés de l'univers ?

Sauf que j'ai conscience de ce que ça signifie pour moi.

Pour Mykl. Une femelle zandianne était tout ce qu'il voulait, et maintenant il en a une – une que je l'ai aidé à récupérer. Je ne peux m'empêcher de me le rappeler.

Des larmes me montent aux yeux et je secoue la tête en riant légèrement. Quelles étaient les chances ? C'est presque drôle, de la pire manière possible.

— Ils arrivent quand ?

— Quelqu'un sait si elle est en vie ? Blessée ?

La foule devient plus bruyante et maître Seke débarque avec une phalange de soldats.

— Dégagez le terrain, s'il vous plaît.

Sa voix est amplifiée par son communicateur.

— Retournez chez vous, merci. Nous savons que c'est excitant, et nous vous donnerons des nouvelles dès que nous aurons des informations. Mais nous avons besoin que vous quittiez cette zone pour votre sécurité et le bien-être de l'appareil en approche.

Personne ne veut partir, on peut le voir à la manière dont ils traînent les pieds, contemplant le ciel comme si on allait apercevoir la lumière éblouissante du vaisseau si on regarde un peu plus longtemps.

Je ne rentre pas. Je m'assois et attends sous un bosquet d'arbres juste derrière le terrain. J'ignore si techniquement je devrais être là, mais personne d'autre n'est dans les parages, alors ça n'a pas d'importance.

J'ai dû m'endormir, parce que je me réveille d'un coup sous le rugissement des moteurs, les propulseurs inversés et le bruit sur le tarmac.

Je me lève, dégage mes cheveux battants au vent de mes yeux avec une traînée de bave sur ma joue en les regardant sortir. Mirelle d'abord. Par la Terre, merci, elle va bien. Chaque fois qu'elle part, je m'inquiète. Lanz, Domm. Hektor.

L'équipe au sol se rassemble et l'équipe médicale est présente – je reconnais la démarche raide du Dr Daneth et les gestes plus souples de Bayla. Cressa est également là. Un aéroglisseur avec des gyrophares est stationné – je présume qu'ils attendent pour mettre la femelle zandianne immédiatement dans l'unité médicale pour des soins.

Je retiens mon souffle.

C'est à ce moment-là que je les vois. Mykl et la femelle. Elle doit être blessée parce que Mykl la porte dans ses bras.

Une foule se rassemble avec des acclamations et des applaudissements et j'en ai aussi des larmes aux yeux, malgré mon inquiétude. Elle est belle, je peux le remarquer, même de loin. Et elle est Zandianne. Précieuse pour cette planète. Nécessaire à la survie de leur espèce.

Je mets une main sur ma bouche et arrête de respirer quand Mykl la soulève sans effort pour la placer dans le glisseur médical avant d'y monter. Plus de personnel les rejoint et le vaisseau file, les lumières clignotantes pour montrer l'urgence.

Toute la planète bourdonne d'une nouvelle énergie. Tout le monde propage la nouvelle, se réjouit, pose des questions. L'arrivée d'une femelle zandianne juste avant le solstice du cristal signifie une bénédiction des étoiles, des anciens et du passé de Zandia. C'est un bon présage pour un avenir positif. Ils se rassemblent tous dans des célébrations joyeuses.

Mais pas moi.

Je ne me suis jamais sentie aussi seule.

K ianna.

— K ee, regarde-moi, s'il te plaît, supplie Mirelle. Arrête. Éloigne-toi de cette vidéo.

Je bouge un doigt et le son de l'hologramme monte.

— *Tu veux t'entraîner avec les meilleurs ? Tu es entre deux emplois sur Zandia ? Rejoins l'entraînement intensif de trois mois pour améliorer tes techniques de combat. À la fin de la session, non seulement tu seras meilleure pour te protéger et servir Zandia, mais tu auras trouvé une nouvelle réserve de force en toi dont tu ignorais la présence. Des aptitudes pour te préparer à tout ce qui pourrait arriver ensuite dans ta vie.*

Sur l'écran, des humaines font des démonstrations de coup de pied en vrille. Certaines sont montrées en arrière-plan dans des vaisseaux.

— *Ces humaines, comme toi, n'avaient jamais piloté ou ne s'étaient pas entraînées pour le combat. Maintenant, elles sont prêtes à faire tout ce qu'elles désirent.*

— Ils ne l'annoncent pas franchement, mais cet entraî-nement ? C'est pour les ratées. Celles dont personne ne veut, dis-je à Mirelle.

Je m'affale contre le dossier du banc. Nous sommes seules dans le bosquet pour le petit déjeuner et je suis obsédée par ce que je devrais faire.

— C'est ridicule.

Elle passe devant moi et me prend l'écran. L'holo disparaît.

Je parle entre mes mains.

— Tu sais, les plus vieilles peuvent toujours être fortes, même si elles ne peuvent plus enfanter. Celles qui sont, peu importe la raison, inaptes à trouver un compagnon. Pour garder les pauvres femmes occupées, tu vois ?

Mirelle croise les bras.

— Laxmi a suivi cet entraînement et elle a rencontré ses commandants, et compagnons, Derrack et Konner, pendant qu'elle était déployée.

Elle plisse les yeux en me regardant.

— Ils ont maintenant des jumeaux métis.

— Un exemple anecdotique. Le reste d'entre nous pourrait tout aussi bien abandonner.

J'entends un son étrange, une sorte de reniflement à quelques pas de là. Certainement un de ces oiseaux appelés Willi. Je l'ignore.

— Alors parce que tu ne peux pas avoir le mâle que tu désires, tu veux renoncer à tout ?

Elle s'assoit près de moi.

— Allez. Tu vaux mieux que ça.

— Parle-moi d'elle.

Je me mordille la lèvre.

Elle hésite. Mais elle comprend de quoi je parle. Elle hausse les épaules.

— Elle est... désorientée. C'est difficile à dire. Je vais en savoir plus, on en saura tous plus, quand elle sortira de l'unité médicale et qu'elle commencera à sociabiliser.

— Qu'est-ce qui lui est arrivé ?

Mirelle secoue la tête.

— Ce n'est pas à moi de raconter son histoire. Mais voici ce que je peux te dire. Elle a été réduite en esclavage pendant des années, elle s'est échappée, avant d'être à nouveau asservie. Je ne pense pas... elle a vu beaucoup d'horreurs, Kee. Ça pourrait lui prendre pas mal de temps pour passer à autre chose.

— Elle est comment ?

Je me penche en avant et insiste :

— Différentes des humaines ? Elle est comme les mâles ? Le même manque d'humour et un grand sens du devoir et tout ?

— Alors... réfléchit Mirelle. Elle n'a pas été proche d'humains, du coup elle n'est pas très émotionnelle. Et oui, elle semble assez encline à suivre l'honneur et l'engagement. Elle est forte, elle se remet déjà physiquement dans l'ensemble. Elle reste réticente à exprimer ses sentiments. Elle paraît... agréable.

Je hoche la tête.

— Et elle... euh... apprécie... Mykl ?

— Il l'a revendiquée, Kee. Elle a accepté, à bord même du vaisseau. Je suis vraiment désolée.

Quand je commence à pleurer, elle me serre dans ses bras.

— Tout va bien se passer.

— Je ne vois pas comment.

Mirelle ne répond pas, parce qu'il n'y a rien à dire. Parfois, la vie ne fonctionne pas comme on le voudrait. Nos rêves peuvent se réaliser – j'ai été libérée de l'usine où j'étais asservie. J'ai trouvé un sens à mon existence et de la bienveillance sur Zandia. Mais celui d'un compagnon pouvant faire battre mon cœur ? Celui de l'amour, c'est pour d'autres qu'il se réalise.

Une pensée désagréable me vient.

— Arc et Bow m'ont demandé d'accepter leurs cristaux juste avant le solstice du cristal. Comme ça, on pourra utiliser la lumière pour fêter et renforcer notre nouveau lien.

— Ça semble être un bon projet.

Sa voix est vraiment neutre. Elle évite le contact visuel.

Je déglutis. Je m'essuie le nez.

— Je suppose. Tu entends ça ? Il y a toujours ce son désagréable. Qu'est-ce que c'est ?

— Je crois que quelqu'un pleure. On devrait aller voir, tu penses ?

Mirelle examine les alentours dans le bosquet. Je hausse les épaules.

— Peut-être. On pourrait sangloter toutes les deux, comme une symphonie, composer une nouvelle comédie musicale appelée la *Mélodie du Désespoir* et devenir célèbres.

— Je ne sais pas si j'aime ton sens de l'humour quand tu es triste.

Mirelle me lance un regard en coin.

— Très morose, ajoute-t-elle.

Elle fait un pas en avant et repousse des vignes.

— Hé ? Il y a quelqu'un ? Tout va bien ?

Les reniflements s'arrêtent brusquement. J'avance et vois Cressa, avec un air surpris sur le visage. Ses yeux sont aussi rouges que les mèches dans ses cheveux et gonflés, comme si elle pleurait depuis des heures. Son nez l'est également.

— Qu'est-ce qui se passe ?

Mirelle se dirige immédiatement vers elle et Cressa se détourne. Ses épaules tremblent. Elle essuie ses larmes.

— Rien. Je vais bien.

— Tu es malade ? On peut t'aider.

Mirelle tend la main. Cressa repousse ses cheveux en arrière et soupire.

— Je ne suis pas malade.

Puis elle se tourne et me regarde avec une telle haine que je recule d'un pas.

— Je suis triste. Et en colère, précise-t-elle.

— Pourquoi ? commence Mirelle.

Cressa parle déjà.

— À cause de ça, pardi ! Le solstice. De voir un beau cadeau gâché, jeté, ça me rend furieuse.

— Quel cadeau ?

Mirelle plisse le nez.

Mais j'ai compris ce qu'elle veut dire. Je baisse les yeux et scrute mes chaussures.

— Un des plus beaux et le meilleur, ajoute Cressa. Des Zandians qui méritent quelqu'un de loyal et fidèle, qui les aime autant que la vie elle-même.

Sa voix tremble et se brise.

— Et de voir tout ça gaspillé pour rien ? Quand il y a d'autres humains qui donneraient tout, je dis bien *tout* pour eux ? Par la Terre, lance Cressa en s'effondrant.

Ses sanglots reprennent de plus belle, si fort qu'elle respire à peine.

Quand ils s'estompent, elle lève à nouveau les yeux vers moi.

— Mykl prévoit de s'unir avec la femelle zandianne, Kianna.

Elle secoue la tête.

— Et Arc et Bow escomptent t'avoir pour compagne pendant les Lumières zandiannes, ajoute-t-elle avec beaucoup de calme. Il semble que toi et moi, on a quelque chose en commun.

Elle se met debout. Ses pleurs cessent pendant qu'elle me regarde d'un air impassible. Maintenant, elle n'a plus aucune férocité, mais elle est si triste que des larmes me montent aussi aux yeux. Bien sûr, j'ai envie de hurler à la seconde où elle mentionne Mykl et la femelle.

— Demain, Kianna. Juste avant le solstice. Au moment où tu auras ta propre cérémonie.

Elle secoue la tête.

— Par la Terre, souffle-t-elle d'un ton platonique. Alors

je suppose que je vais devoir passer au travers. Il y a toujours le programme Outlander.

Elle renifle et s'éloigne.

— Tu regardais le même hologramme.

Mirelle me donne un coup.

— Tu veux partager ta chambre avec elle ? demande-t-elle.

Quand je ne réponds pas, elle soupire et dit :

— Je suis désolée. Rien de tout ça n'est drôle. Ta robe est prête pour demain ?

Je hoche la tête.

— Apparemment. Lorca l'a fait livrer.

Elle prend une petite fleur rose dans le buisson Jax et la met dans mes cheveux.

Je la retire.

— Arrête. Je ne mérite pas d'être jolie. Ce n'est pas le moment.

La fleur flotte jusqu'à atteindre le sol.

— C'est pour la force, Kee. Elle la récupère et la pose dans ma paume.

— Lanz me l'a dit. Elles sont médicinales. Quelque chose qui aide les gens à se détendre et à avoir une force mentale.

Je lève les yeux au ciel.

– Avec une plante ?

Elle penche la tête.

— Pourquoi pas ?

— Je dois la manger ?

— Par la Terre, non. C'est certainement toxique cru. Ils le distillent. Tu peux l'utiliser, tu sais, comme un symbole.

— Oh, je vois. J'aime comme les symboles nous donnent de la force.

Je lève les yeux au ciel.

— Tu les tresseras en une couronne pour les mettre dans tes cheveux quand tu te rendras à la cérémonie du lien.

Elle commence à en cueillir.

— Viens, aide-moi. Tu seras la plus adorable compagne du festival au cours de la prochaine rotation planétaire.

Je cligne des yeux. Je ne pourrai pas aller jusqu'au bout de cette mascarade de rituel avec Arc et Bow. Mais comment vais-je survivre sur cette planète une fois que Mykl et sa femelle zandianne seront ensemble ? À les voir partout ? Ça va me tuer.

Je ravale un sanglot et cueille des fleurs, comme si elles pouvaient tresser une vie, une qui pourra me sortir de cet enfer vers un avenir plus généreux.

CHAPITRE NEUF

M^{ykl}

— Tu as été retenue comme esclave sexuelle pendant des années ? demandé-je à voix basse et sans émotion pour ne pas contrarier Alena, la femelle.

— Oui.

Elle acquiesce, assise à côté de moi dans la grotte. Les cristaux brillent autour de nous. Elle vient ici tous les jours maintenant pour absorber sa subsistance et continuer à guérir. Je l'accompagne, et chaque fois qu'on se rencontre, mon pressentiment se renforce. Cette impression de commettre une erreur colossale et irréparable.

— Les souvenirs doivent être pénibles. Préjudiciables. Je vais faire de mon mieux pour m'assurer que ta vie soit tranquille désormais.

La brise souffle sur les manches vaporeuses de sa robe sur mon bras et je la retire, parce que ça me donne la sensation que c'est un insecte. Je le fais toutefois avec soin pour ne pas l'offenser.

Elle hoche la tête. Je ne sais pas si elle dit oui au fait que ses souvenirs sont pénibles ou oui, qu'elle aimerait une cohabitation sans heurts.

Je me frotte la mâchoire.

— Ah, tu voulais dire oui à la première ou à la seconde phrase ?

— Les deux.

— Je vois. C'est sensible, bien sûr.

— Oui.

On reste assis en silence.

Je jette un regard à son profil. C'est si étrange d'observer une femme qui me ressemble. C'est comme admirer mon reflet dans un miroir flou. Dans les ondulations de l'eau. Elle a une forte mâchoire et un large front. Ses yeux brillants et curieux. Un nez d'aristocrate. Des petits seins hauts et de belles longues jambes élégantes. Tout en étant élancée et puissante. L'être que j'ai toujours voulu. Elle était là. Il est vital que je l'apprécie correctement. Je ne peux pas gâcher cette chance, une que n'importe quel Zandian mâle rêverait d'avoir.

— Je, euh. Et l'idée d'avoir des jeunes ? Tu en penses quoi...

Je songe à m'accoupler avec elle, aux sensations que son corps me procurerait. Mais tout ce que je vois, c'est Kianna.

Par les étoiles, je dois me concentrer.

— C'est mon devoir envers Zandia de faire des petits, répond-elle d'un ton guindé et égal. Je vais avoir pour objectif de le faire admirablement et d'une façon qui va honorer notre planète. Dr Daneth a retiré l'appareil contraceptif et a dit que je n'ai pas été... endommagée de ce côté.

Pour la première fois, je remarque une fissure dans son armure lorsqu'elle tressaille et se lèche brièvement les lèvres. Je vois le bout de sa langue, et je reconnais que je devrais probablement vouloir la mordre ou l'embrasser. Je pense à Kianna et sa douce petite bouche diabolique.

Je ravale un grognement et réajuste mon pantalon. *Bordix.* Ce n'est pas le moment. Ou plutôt, ça le pourrait, mais la manifestation physique a été provoquée par la mauvaise femelle.

— Je vais te faire un piercing avec mes cristaux au solstice. La lumière va te guérir pour le reste.

Ma voix est pleine d'espoir. Je peux entendre un ton que je ne comprends pas moi-même. Comme si je la suppliais.

— Je vais nous rendre heureux ensemble, ajouté-je.

Elle lève les yeux vers moi.

— Y crois-tu vraiment ?

C'est la première fois qu'elle exprime ce qu'elle ressent. Et on dirait de la colère.

Je détourne le regard une seconde.

— On affirme que la lumière a des propriétés réparatrices.

— Ça, oui. Mais le reste ?

Je secoue la tête.

— Tu sais depuis combien de temps je t'attends ?

— Moi, spécifiquement ?

Je poursuis sans répondre.

— J'allais devenir le meilleur combattant que Zandia ait eu quand j'ai été blessé. Mais je peux transmettre mes habilités en m'accouplant avec une femelle aussi forte que moi.

— C'est ce que le Dr Daneth et le roi Zander m'ont dit. Ils ont tous hâte de me voir me reproduire.

Elle semble dégoûtée.

Je déglutis, mon pressentiment grandit.

— J'ai promis à mon père, sur mon honneur, de prendre une Zandianne pour compagne.

Je lui offre ça comme si c'était une explication. Une excuse pour justifier cette injustice.

— Et cette femelle zandianne, c'est toi. Je t'ai attendue toute ma vie.

Elle penche la tête.

— Tu sais ce que j'ai attendu toute ma vie ?

Surpris, j'ouvre la bouche. Bordix, je n'ai jamais demandé. Je n'ai jamais considéré son point de vue sur la question.

— Quoi ?

Elle se met debout.

— Être libre, pour une fois. D'être ici, sur Zandia.

Elle lève la main.

— J'en ai rêvé toutes les nuits, Mykl, poursuit-elle. Chaque rotation planétaire. C'était ma seule pensée. J'ai tout enduré plus longtemps dans l'espoir de revenir sur Zandia.

Elle me fusille du regard avec férocité.

— Et maintenant, tu l'es.

— Et maintenant que je le suis... je suis perdue, dit-elle d'une petite voix.

Elle arrête de parler et me tourne le dos.

— Et ce qu'on me propose n'est pas ce dont j'ai besoin.

— Peut-être...

Je ne sais pas comment exprimer ces choses.

— Quand tu auras vécu ici plus longtemps, tu apprendras à apprécier ta situation.

Elle me regarde à nouveau.

— J'entends parler de bonheur. De joie. D'amour. Penses-tu... que je pourrais les avoir aussi ? murmure-t-elle avec un air sombre. Avec toi ?

Je détourne les yeux parce que mes poumons me font mal, pour une raison que j'ignore. Mon esprit s'envole.

— Je ne sais pas.

— Tu ne le voudrais pas pour toi-même ?

Elle touche la branche d'un arbre à proximité. Ma réponse est immédiate.

— J'ai une promesse à tenir. L'accomplir me rendra heureux.

Elle laisse échapper un rire sans joie.

— Plusieurs promesses finissent par devenir des chaînes qui nous étouffent plutôt que de nous sauver.

— Qu'est-ce que ça signifie ?

Je grogne, mais je ne suis pas en colère contre elle. Seulement frustré. Et curieux. Au cours de toutes les heures que nous avons passées ensemble, c'est la conversation la plus sincère et ayant le plus de sens que nous avons partagée. C'est comme si on apprenait enfin à réellement nous connaître. Elle n'était plus juste une femelle zandianne quelconque, mais *elle-même*.

— Une chaîne de douleur qui te blesse toi, mais aussi beaucoup d'autres personnes.

Je pense immédiatement à Kianna. Arc et Bow. Hektor. Et cette femelle devant moi.

— Préfères-tu Hektor ? Souhaites-tu le prendre pour compagnon plutôt que moi ?

Je retiens mon souffle. Ce qui est étrange, c'est que j'espère que sa réponse sera oui.

— Je veux du temps pour me décider. Mais je crois que oui.

Elle me regarde.

L'allégresse me rend joyeux et me donne le tournis. Mais la promesse...

— Comment le sais-tu ? Tu le connais à peine. Qu'est-ce qui te fait penser que... c'est lui ?

Je me penche en avant, absorbé par son visage. Comme

si sa réponse m'aiderait à comprendre quelque chose en moi.

— Quand je t'ai vu pour la première fois, j'ai ressenti une énorme gratitude et du soulagement. Je savais pouvoir te faire confiance. Mais quand je l'ai vu, lui ? commence-t-elle avec un grand sourire. C'était comme la foudre, Mykl. Comme si ma poitrine vide était déchirée et remplie à nouveau par quelque chose de beau. Et c'était réciproque. Je l'ai senti.

Son sourire s'agrandit.

— C'est tout ? Tu l'as... seulement su ? Comme ça ?

Elle acquiesce. J'ignorais qu'une telle chose était possible. Mais oui, juste comme ça.

— On n'a pas ça tous les deux.

J'en suis conscient depuis un moment. Pourtant, ça me terrifie. Parce que ça signifie que tout ce que j'avais planifié dans ma vie va dévier dans un sens où je ne peux rien prédire.

— Hektor est venu me rendre visite dans l'aile médicale.

Elle s'éclaircit la gorge.

— Dans mon dos ?

Malgré le fait que je souhaite qu'elle choisisse Hektor, l'idée de ne pas contrôler la situation me reste difficile à digérer.

Elle se frotte la bouche.

— Hektor serait d'accord pour me partager. J'ai compris que c'est l'usage maintenant – plusieurs hommes en couple avec une seule femelle. Penses-tu que tu le pourrais ?

Je retrousse les lèvres avant de pouvoir m'en empêcher. Partager une femelle serait impossible pour moi. Je supporte à peine les autres en général. Vivre avec plus d'une personne ? Avoir à négocier et céder devant un mâle ? Jamais.

Si j'étais honorable, je proposerais de le faire. D'autant plus qu'elle préfère Hektor. Mais son intérêt pour lui semble être une porte de sortie. Un signe peut-être, bien que je n'y croie pas.

Elle n'insiste pas devant mon manque de réponse.

— Hektor me racontait qu'en venant me chercher, tu as fait quelque chose de miraculeux. Tu as manœuvré dans la bande de lumière d'astéroïdes la plus difficile qui existe – manuellement – et seulement parce que ton humaine Kianna t'a aidé à te concentrer.

Mon humaine. Kianna. Mon visage devient chaud.

— Il n'aurait pas dû parler de ça.

— Il dit que l'expression que tu as eue quand tu as compris, c'était comme si la foudre t'avait frappé.

Je ferme les yeux.

— Je suppose qu'on peut dire ça. C'était profondément surprenant.

Pendant que je pense à mes sentiments sur le vaisseau, si proche de Kianna, quelque chose s'éclaircit d'un coup dans ma tête.

— La promesse faite à mon père, je l'ai mal interprétée. Je dois me concentrer sur l'esprit, pas les mots. Je ne peux m'enfermer là-dedans.

Elle acquiesce.

Je me redresse et la regarde dans les yeux.

— Je te libère de la promesse que tu m'as faite. Peux-tu en faire de même avec moi ?

— Oui.

Elle sourit. Je la serre dans mes bras.

— Merci. Je n'oublierai jamais.

K*ianna.*

J**e** prends une grande inspiration et frappe à la porte.

— Cressa ?

Sa chambre est à l'autre bout du couloir dans le dortoir, mais je ne suis jamais allée lui rendre visite.

Quand elle ouvre, son visage est rouge. Lorsqu'elle réalise que c'est moi, elle se fige.

— Kianna, je ne veux pas te parler pour l'instant. Et puis, tu dois te préparer pour une cérémonie, non ?

Elle jette un œil à mes bras.

— C'est ta robe ? s'enquit-elle en montant dans les aigus. Par la Terre, ne me dis pas que tu es venue me demander de t'aider à t'apprêter ?

Elle plisse les yeux et commence à rabattre la porte.

— Va voir ta meilleure amie Mirelle pour ça.

Je coince mon pied dans l'ouverture pour qu'elle ne puisse pas la fermer.

— Attends.

Je déglutis péniblement.

— Tu ne vas pas m'aider à me préparer. Je suis là pour toi, précisé-je. S'il te plaît.

Je lève les bras et lui offre la robe ainsi que la couronne de fleurs que j'ai faite en utilisant celles que j'ai cueillies avec Mirelle.

— Tu te moques de moi ?

Elle cligne des yeux.

— Je peux entrer ? C'est important.

Le ton de ma voix, ou peut-être quelque chose dans mon

expression faciale, la convainc. Elle ouvre plus grand et recule.

Je m'introduis dans sa chambre. C'est confortable et chaleureux, rempli de jolis tissus colorés. Je pose la robe sur son siège et les accessoires à côté.

— Cressa, je ne vais pas prendre Arc et Bow pour compagnons.

Je remonte mes cheveux en une queue de cheval avec les mains, puis je relâche le tout.

— Mais je pense que tu devrais le faire, ajouté-je.

— Quoi ?

Elle est si surprise qu'elle reste figée et bouche bée. Son expression, un mélange de joie et de trépidation, me tue.

— C'est toi qui devrais être avec eux. Pas moi.

— Quoi, tu n'en veux plus, donc je devrais te faire une fleur ?

Sa voix est méprisante et elle commence ensuite à pleurer. Elle s'effondre et enfouit son visage entre ses mains.

— Qu'est-ce que tu fais ? s'exclame-t-elle déboussolée. Oh, par la Terre. Aide-moi.

Je pose une main hésitante sur son épaule. Quand elle ne me repousse pas, je la serre dans mes bras.

— Cressa, ils ne m'aiment pas. Et moi non plus. Tout ça est une énorme erreur. Ils sont jeunes, ils pensaient devoir me le demander et j'ai seulement dit oui, parce que... C'est compliqué. Mais on n'a rien à faire ensemble.

— Ça, je le sais.

Elle renifle.

— Lors de cette rotation planétaire dans la grotte ? Tu t'es informée de la promotion éventuelle d'un des deux pour devenir lieutenant.

— Arc, dit-elle immédiatement en levant ses yeux brillants. Il est tellement intelligent et talentueux !

Je rougis.

— Oui, et je ne peux même pas me rappeler lequel des deux c'était. Tu vois, on ne va pas ensemble. Et ils n'ont rien à me dire, ajouté-je rapidement. Mais quand tu es arrivée ce jour-là, ils se sont tous les deux réjouis. Comme s'ils étaient tous les deux remplis de joie.

Je secoue la tête.

— Jamais je ne me suis sentie comme ça avec eux. Et ils ne le seront jamais, avec moi, insisté-je. Ce serait mal d'accepter leurs cristaux. Nous finirions par tous être malheureux.

Elle déglutit.

— Je les aime. Tellement. Et j'étais désespérée parce que tu allais être leur compagne sans vraiment te soucier d'eux ! Je pouvais le voir. Tout le monde le pouvait. Tous ceux qui prenaient la peine de regarder, cela dit. Je les aime, répète-t-elle la voix tremblante. J'ai l'impression que c'est réciproque, mais ils étaient toujours avec toi.

— Cressa, ils te veulent. Ils m'acceptent seulement à cause de leur promesse et leur honneur de Zandians. Je dois les en libérer, parce que sinon, ils iront jusqu'au bout, peu importe qu'ils soient malheureux ou pas.

Je me lève.

— Écoute, la robe ne sera peut-être pas parfaitement à ta taille, mais je parie qu'Octavia pourra l'ajuster. Et cette couronne de fleurs est pour toi. Mirelle m'a dit qu'elles signifient force et amour, quelque chose comme ça. Je les ai ramassées pendant des heures pour la confectionner. Pas pour moi, mais pour toi.

Je la soulève, réarrange les rubans délicats qui sont soufflés par la brise passant par la fenêtre et la pose sur sa tête.

— Regarde.

Je lui pointe le miroir.

Elle reste bouche bée, une main sur les lèvres.

— Par les étoiles. C'est tellement joli.

Elle est hypnotisée. Ses yeux se remplissent de larmes à nouveau.

— Kianna, c'est vrai ? Ce n'est pas un rêve ou une blague ?

Je lui prends les mains.

— C'est la réalité. Et je suis désolée.

— Pourquoi ?

Mais elle récupère déjà la robe.

— Tu as dit qu'Octavia pourrait l'ajuster ? demande-t-elle en gloussant. Oh, jamais je n'aurais cru que je pourrais les avoir.

Elle se tourne vers moi.

— Et toi ?

Son visage devient solennel.

Je détourne le regard.

— Ça ira.

— Mais pour Mykl ?

Je ferme les yeux le plus fort possible.

— Il va se mettre avec la femelle zandianne. J'ai entendu dire qu'elle est épatante. Quelle bénédiction pour notre planète de l'avoir récupérée juste avant les Lumières zandiannes.

Elle me serre fort dans ses bras.

— Je n'oublierai jamais ça, Kianna. Merci.

— Prépare-toi. Et quand tu le seras, on doit toutes les deux expliquer ça à Arc et Bow.

— Et s'ils ne veulent pas de moi ?

Mais elle sait que ça n'arrivera pas. Elle le sent dans ses tripes, tout comme moi, qu'ils seront ravis de la voir avec la couronne à ma place. Et cette pensée – que je puisse apporter du bonheur à trois autres êtres – est suffisante pour me donner de la force pendant que j'aide Cressa à se préparer pour la plus grosse rotation planétaire de sa vie.

M*ykl*

Il est presque l'heure du festival des Lumières zandiannes et la foule se rassemble. Tout le monde est respectueux, mais l'énergie est immense, et il est difficile de se frayer un chemin entre les Zandians et les humains.

Ils attendent tous le pic de lumière. L'air miroite déjà et crépite de vitalité. En prenant une bouffée d'air frais, je jurerais que mes poumons me paraissent plus légers que depuis plusieurs cycles solaires. Peut-être pas guéri, mais avec plus de capacité. Je pense me tenir plus droit aussi. Partout où je regarde, les êtres brillent d'une beauté que je n'avais jamais remarquée.

Je me moque des décorations comme les lanternes et les rubans, mais je dois admettre que toute la place est magnifique, on dirait qu'elle sort d'un rêve.

— Joyeuses Lumières zandiannes.

— Joyeux Solstice !

Les gens se font des accolades, ils se saluent, se mettent à l'aise et lancent des civilités spéciales.

Mais même si l'énergie m'attire de toute part, je me désespère de les trouver. Je dois rejoindre Kianna, Arc et Bow pour interrompre leur cérémonie avant qu'il ne soit trop tard.

Je souhaite seulement que ce ne soit pas déjà fait. Elle a peut-être tourné la page avec moi après que je l'ai repoussée pour la femelle zandianne. Elle me hait peut-être désormais. Pire encore, elle pourrait être indifférente et ne plus du tout se soucier de moi.

La panique s'empare de moi et je regarde frénétiquement autour de moi.

— Où est Kianna ?

J'attrape le Zandian le plus proche.

Il hausse les épaules.

— Qui ? Joyeux Solstice à toi.

— Elle prend un compagnon. C'est une humaine. Joyeux Solstice.

Je résiste à l'envie de le secouer.

— Mon frère, je ne la connais pas, mais il y a plusieurs cérémonies en ce moment. Regarde.

Il pointe un coin près de la chute d'eau.

Je repère un trio échangeant leurs cristaux. Un groupe de quatre est rassemblé, avec un air de bonheur absolu sur le visage.

Puis, je les vois – Arc et Bow – sans erreur possible. Habillé dans la tenue zandianne officielle, des tuniques blanches et un pantalon.

Kianna est là entre eux, dans une robe flottante, une couronne de fleurs et de toutes sortes de tulles dans les cheveux. Elle me tourne le dos. Et pendant que je les fixe, Arc et Bow passent tous les deux un bras autour d'elle et se penchent.

Bordix !

Je cours aussi vite que je le peux, je bouscule à droite et à gauche, et quand je les atteins, je m'empare de Kianna.

— Retirez vos sales pattes d'elle ! rugis-je.

Je la tire et fusille du regard le plus près, Arc.

— Je dois lui parler, insisté-je.

Il me lance un regard noir et sa main se pose sur sa dague.

— Recule. Tu interromps notre cérémonie.

Je grogne.

— Je m'en moque, *bordix*. J'ai quelque chose à lui dire et je dois le faire maintenant. Kianna...Je la retourne.

Mes mains deviennent molles sur elle. Je la lâche et fais un pas en arrière.

— Qui... qui es-tu ?

Suis-je fou ? C'est Arc, Bow. C'est leur compagne. Mais à la place de Kianna, c'est une humaine que je reconnais vaguement. Elle a une masse de cheveux roux doré avec une couronne de fleurs. Elle n'est définitivement pas celle que j'aime.

— Moi, c'est Cressa.

— Je ne comprends pas. Où est Kianna ? J'ai l'impression d'être sous l'eau.

— Arc, Bow et moi, nous nous aimons. Kianna ne les aime pas. On a arrangé les choses.

Cressa sourit. Elle semble béate.

— Mon frère, recule. Tu interromps notre cérémonie.

Bow contient à peine sa rage.

— On voudrait lui donner nos cristaux pendant le pic de lumière. S'il te plaît, laisse-nous, poursuit-il.

Il me fusille du regard.

Cressa a plus de compassion, mais aussi de perspicacité, je pense.

— Elle a dit qu'elle allait rejoindre le programme Outlander tout de suite après les festivités. En fait, elle s'y dirige peut-être déjà.

— Elle ne peut pas faire ça, marmonné-je. Elle n'a pas le droit. Elle a d'autres dons, des meilleurs qu'elle peut développer. Vous ne savez pas qu'elle est un génie dans la relaxation mentale et l'émancipation ?

Je m'éclaircis la gorge.

— Et par les étoiles, personne ne partirait pendant une cérémonie pour ça, ajouté-je. Je suis certain qu'elle s'est arrêtée le temps du solstice. Pourquoi tu dis une chose pareille ?

Ma voix s'élève et je suis presque sûr que je lui rugis dessus.

— Elle ne peut pas intégrer le programme Outlander !

Cressa prend un air compatissant, mais je jurerais qu'elle est satisfaite. Ces humaines sont si compliquées, *bordix*...

Arc et Bow grognent et font un pas en avant. Je lève une main. Baisse la tête.

— Toutes mes excuses. Je suis... un peu émotionnel.

Je ne suis pas habitué à ça, mais si ça veut dire que j'ai une chance avec Kianna, je vais me débrouiller avec ces nouveaux sentiments.

Je reviens.

— Où est-elle ?

Bow est de toute évidence à bout de patience.

— On ne sait pas. Si ça t'intéresse autant, je te suggère de la chercher.

C'est la première chose intelligente que dit ce jeune idiot. J'ai toujours envie de l'étriper pour avoir fait la cour à Kianna et certainement avoir posé les mains sur elle à un moment. Je prends une grande inspiration pour me maîtriser.

— Je vous souhaite une bonne cérémonie et une belle vie ensemble. Heureusement, ce n'est pas avec Kianna.

Cressa se retourne vers Arc et Bow, avant de me regarder une dernière fois.

— Elle a dit qu'elle ne supportait pas d'être ici quand tu commencerais ta nouvelle vie avec la femelle zandianne. Mais apparemment, tu ne la prends plus pour compagne, hein ?

— En effet, acquiescé-je en grognant. Elle est avec Hektor maintenant.

Ce n'est pas encore clair si elle sera seulement avec Hektor ou un groupe de Zandians comprenant Hektor. Pour être franc, je m'en moque un peu, parce qu'elle n'est pas faite pour moi.

— C'est compliqué, finis-je par avouer.

Cressa sourit.

— Mais très bien. Et puisque tu dis ça, peut-être qu'elle ne part pas pour le programme Outlander tout de suite. Il est possible qu'elle admire les lumières avec Mirelle. Tu les retrouveras peut-être si tu regardes par là.

Elle pointe un endroit, puis se retourne. Cette fois, elle est si concentrée sur ses compagnons que je sais maintenant qu'aucun d'entre eux ne supportera la moindre parole de ma part.

Je reviens dans la foule et la parcours, mais je n'arrive pas à la trouver.

Le soleil descend sur l'horizon, et l'atmosphère prend une nouvelle intensité quand des murmures s'élèvent de tous les côtés.

— C'est presque l'heure !

— Regarde comme les cristaux brillent.

Le roi Zandian parle sur la pierre lisse devant le rassemblement. Son adorable compagne humaine est debout à ses côtés, tenant la main de leur petit.

— Mes chers Zandians et Humains, bonnes Lumières zandiannes.

La foule lui répond, en chœur, un bourdonnement d'intimité et de sentiment familial.

— Nous sommes réunis ici pour honorer notre communauté, notre planète et la seule étoile zandianne. Nous avons récupéré notre monde et nous travaillons pour nous donner un avenir. Je remercie chacun d'entre vous pour vos sacrifices et les cadeaux que vous partagez les uns avec les autres. Ensemble, nous ferons de Zandia un acteur majeur pour nous et les générations à venir. Laissons la lumière du cristal nous procurer une nouvelle énergie et de la force.

Il hoche la tête et devant son approbation, un autre groupe de lanternes est allumé à travers le pré et la grotte.

C'est franchement la chose la plus jolie que j'ai vue – à l'exception de Kianna. Si je ne peux pas admirer son visage, la serrer contre moi, je pense que j'en mourrai.

— Kianna !

Ma voix porte et nombreux sont ceux qui se retournent.

— Kianna !

Je continue de crier, comme si je pouvais la faire apparaître avec la force de mon désir.

Soudain, je la repère – elle est debout avec Mirelle, Lanz et Domm. Elle se trouve de l'autre côté de la grotte, mais elle est là et pas sur un vaisseau pour aller vers le programme Outlander. J'ai toujours une chance.

— Kianna.

Je la rejoins et pose une main sur son épaule. Tout mon être bourdonne de désir.

Quand elle se retourne et que son regard atterrit sur moi, son langage corporel change.

— Mykl ?

La petite note d'espoir dans sa voix me tue.

— Qu'est-ce que tu fais là ? demande-t-elle en jetant un œil derrière moi. Où est Alena ? Tu es déjà lié ?

Elle se mord la lèvre.

— Je voudrais t'offrir mes sincères félicita...

— Non, je ne m'unis pas à elle aujourd'hui. Ni jamais.

Je lui prends les mains.

— Oh, par la Terre, lance-t-elle avant de s'effondrer.

Mirelle s'élance vers elle, mais je m'en charge en premier. Je suis maintenant assis par terre, la tenant dans mes bras, pendant que la lumière des cristaux commence à tourner et luire, se reflétant sur toutes les surfaces. Mirelle sourit et recule pour rejoindre ses compagnons, nous laissant seuls Kianna et moi.

— Écoute-moi, je la supplie. J'ai juré de transmettre mes gènes avec la Zandianne qui me conviendra le mieux. Mais la meilleure Zandianne, c'est toi. Tu es humaine, mais tu fais également partie de Zandia. Et tu me comprends. La manière dont tu m'as aidé dans la bande solaire ? C'était comme si on ne formait qu'un. On s'entend à la perfection. Tu ne l'as pas senti ?

— Oui ! Mais... mais... ensuite, tu es revenu avec elle dans les bras. Tu lui as demandé d'être ta compagne.

La douleur dans sa voix m'anéantit.

Je la serre plus contre moi. Dans mes bras, elle est chaude et douce. Elle semble tellement à sa place.

— Et j'avais tort, Kianna. Pendant tout ce temps, je te voulais toi, mais j'essayais de me convaincre du contraire, parce que je pensais devoir me lier à une Zandianne au sang pur. Mais ça ne nous rendrait heureux ni l'un ni l'autre.

— Et tout à coup, tu estimes que je vais te rendre heureux ?

Sa voix faiblit. Comme si elle n'arrivait pas à croire ce qu'elle entendait.

— Je le sais. C'est déjà le cas.

Je songe à combien ma vie était sans intérêt avant qu'elle

ne se pavane dans mon labo et retourne complètement mon existence. Elle me taquinait, flirtait et me poussait à abandonner ma lourde résistance, même si je ne lui donnais aucune raison de persister. Elle était intelligente et résiliente. Belle et forte.

Je prends son visage entre mes mains et la regarde dans les yeux.

— J'en suis persuadé.

— Mais, ct ta promesse ?

Elle se mordille la lèvre.

— Je l'accomplis, Kianna. Mon père m'a demandé de choisir la meilleure pour transmettre mes habiletés. C'est ce que je fais. C'est toi. Ensemble, nous formons une superbe équipe. Je crois sincèrement que nos petits seront parfaits. Comment pourrait-il en être autrement ? On travaillera si bien tous les deux.

Elle se raidit dans mes bras.

— Mais ce n'est pas seulement pour les petits, ajouté-je. C'est toi. Je...

J'ai du mal à trouver les mots. Je ne me suis jamais autorisée à ressentir de telles émotions et ce n'est pas facile. En parlant, ça le devient plus.

— C'est toi. Et moi. Je... te veux, tout simplement. Je... t'aime.

Une fois prononcée, je sais que c'était la chose qu'elle souhaitait entendre, parce que le regard dans ses yeux, rempli de tellement de joie, est immédiat.

Toutefois, elle hésite.

— Mais tu as si longtemps dit...

Je lui touche le visage.

— Écoute. Pendant tous ces mois, je désirais entendre ton rire. J'aimais tes petites remarques. J'ai appris à apprécier ton humour. Tu m'as changé, petit à petit. Tu m'as permis de m'ouvrir. C'est seulement grâce à toi que j'ai pu aller chercher ce dont j'avais besoin pour aller secourir Alena. Elle sera parfaite pour Zandia... Et pour quelqu'un d'autre. Mais pour moi ? Ç'a toujours été toi, Kianna. Tu es ma destinée. Je ne le voyais tout simplement pas.

— Mykl.

Sa voix est si pleine d'émotions que je la serre plus fort contre moi.

— S'il te plaît. Je t'aime. Dis-moi qu'il n'est pas trop tard. Que tu n'as pas cessé de m'aimer.

Elle hésite et je pense que je vais mourir.

Puis elle arrange tout quand elle murmure :

— Je n'ai jamais cessé. Je t'aime aussi.

— Alors soit ma compagne. Aime-moi pour toujours. Seulement toi et moi. Je ne peux pas te partager – je ne le ferai pas. Dis oui.

Ma voix tremble et je m'en moque.

— Oui.

Elle prononce le mot au moment où les rayons éclatent comme des feux d'artifice au-dessus de nous et la foule rugit d'appréciation. Je me penche et l'embrasse. Un baiser parfait, autant qu'elle. La lumière nous traverse et se propage en nous et je sais que Kianna et moi sommes faits pour être ensemble à jamais. Une adéquation parfaite.

CHAPITRE DIX

K*ianna.*

Tout ce que je sais, c'est qu'il me transporte à la maison, dans ses bras forts. Sa démarche est déterminée et sa prise sûre. La lumière scintille autour de nous et je me sens ivre sous les rayons. Je suis peut-être seulement aux prises avec mes émotions pour Mykl. Je n'arrive pas à croire que ce soit réel : il m'a choisi.

— On y est.

Il s'arrête devant son dôme et agite son poignet gauche. Il me tient sans effort d'un bras pendant qu'avec l'autre il ouvre la porte.

— Je n'ai pas eu le temps de préparer les cristaux.

Il me déplace et me pose devant lui en me regardant dans les yeux.

— Mais tu es déjà mienne, même si tes jolis seins ne portent pas mes gemmes, affirme-t-il.

Il marque une pause.

— J'ai raison, hein ?

J'inspire.

— Oui. Attends. Mes seins...

Il me lance un sourire malicieux.

— Le piercing ne fera pas mal. Pas *vraiment*.

Il lève un sourcil.

— Et si je ne me trompe pas, un peu de douleur ne te gêne pas pendant l'acte.

— C'est faux !

Pourquoi je prends la peine de protester ? Nous connaissons tous les deux la vérité.

— Hmm, je crois que c'est un mensonge.

Il tend la main vers moi et déchire ma robe si soudainement que j'en crie de surprise.

— Et tu te souviens ce qu'il se passe quand tu me désobéis ?

— Tu ne m'as pas demandé de ne pas mentir. En fait, tu as déjà grommelé que les humains sont incapables de s'en empêcher.

J'inspire rapidement quand il retire le tissu en lambeau de mon corps. Je me retrouve seulement en culotte devant lui.

Mes mamelons se dressent sous son regard et je souris brièvement de triomphe quand sa respiration s'accélère.

Il plisse les yeux.

— Alors je vais devoir te faire perdre cette habitude. Avec mes mains et ma ceinture.

Il porte la main à sa taille, sur la longue lanière de cuir. Je l'entends presque craquer.

— Pourquoi, maître Mykl ? Tu sembles vouloir me donner une leçon, demandé-je en battant des cils. Si seulement je comprenais pourquoi.

— Tu le sais, grogne-t-il en m'attirant dans ses bras pour que je sois blottie contre lui.

Son odeur est fantastique – la sienne et sa sueur, combinées, m'enivrent d'une certaine manière.

— Parce que tu es ma compagne, *bordix*, et tu vas m'obéir à partir de maintenant.

— Ça n'a pas toujours été le cas ?

Je libère une de mes mains de sa forte étreinte et je la laisse parcourir son corps.

— Par la Terre, tu es tellement musclé. Si ferme.

Son torse est impressionnant. Sa taille fine. Ses hanches étroites. Des cuisses puissantes. Mes paumes s'approchent de l'endroit que je meure d'envie de toucher.

— Oui, là.

Il se penche en avant et me mordille le cou, à peine pour commencer. Quand j'appuie mes doigts contre son sexe, je le sens à travers son pantalon. Il grogne et me mord plus fort.

— Mykl, soufflé-je.

Mes jambes me lâchent.

Il rit et me reprend dans ses bras.

— Oui, mon amour ?

Quand je contemple son visage, les émotions que j'y vois ne laissent pas place à l'erreur. Je pose ma paume sur sa joue et je la maintiens là, chaude sur sa peau ferme.

— Je suis si heureuse.

Ses iris deviennent violets.

— Tout comme moi.

Il détourne le regard, puis le ramène vers moi. Ses joues prennent une teinte un peu plus foncée.

— Je ne suis pas... habitué à faire part de mes sentiments, avoue-t-il. Tu dois me donner du temps.

Mais son sourire est une preuve suffisante, je n'ai pas besoin de mots. Je peux voir son désir dans ses yeux.

— Tout le temps du monde, lui promets-je en l'embrassant.

Il me rend mon baiser, joue avec ma bouche du bout de la langue avant de reculer.

— Retire ta culotte pour moi, Kianna.

Il va jusqu'à la couchette et me pose.

— Fais-le lentement. Puis donne-la-moi.

J'ai les joues en feu.

— Mykl...

— Tout de suite.

Il croise les bras et lève un sourcil.

— À moins que tu aies besoin de motivation d'abord ? propose-t-il.

Devant mon expression, il sourit.

— Je suis ton maître, comme tu l'as judicieusement énoncé plus tôt. Ce qui signifie que tu fais ce que je veux quand je te le demande.

— Oui, maître.

Pour être franche, j'aime être sa petite femelle soumise quand on est dans la chambre. Les seuls souvenirs de la dernière fois où nous avons été ensemble me poussent à refermer les jambes. Je suis prête à gémir et à supplier pour avoir toute son attention.

Je glisse ma culotte le long de mes cuisses, mes mollets et les pieds et je la fais tourner sur un doigt.

— Viens la chercher.

Je glousse, puis je crie quand il s'élance vers moi d'un coup et me jette sur le lit avant que je puisse dire un mot de plus. Il est rapide ! Guerrier ou pas, il a des réflexes.

— Est-ce que je t'ai demandé de jouer avec moi ?

Il me plaque contre le matelas, ses énormes mains tiennent les miennes, plus petites, contre les couvertures. Ses hanches sont blotties contre moi et je peux sentir comme il est dur. Il change la position de sa barre de fer pour la placer contre la fente entre mes cuisses. Je gémis et écarte un peu les jambes, j'en veux plus.

— Alors pas avec des mots, admets-je. Oh, aïe !

Il me mord le mamelon et le suçote ensuite.

— Réessaie.

— Peut-être ? Aïe, aïe, non !

Je gigote et repousse son corps en vain.

Aïe. Désolée. Non, tu ne l'as pas demandé.

Nous respirons tous les deux forts.

— C'est beaucoup mieux, murmure-t-il.

Il abaisse sa bouche sur mon sein et je me prépare à sentir ses dents une fois de plus, mais cette fois j'ai droit à sa langue. Il donne de petits coups, pour m'exciter doucement, me caresser, jusqu'à ce que je me tortille sous lui.

— Mykl, s'il te plaît.

J'essaie d'écarter davantage les jambes, mais il les a piégées. Quand je soulève mes hanches, je suis enfermée. Je ne peux pas avoir ce que je veux ! C'est excitant et frustrant. Ça m'exalte encore plus.

— Non. Tu attends.

Il relâche un de mes bras pour pouvoir descendre la sienne pour m'asséner une claque sur l'extérieur de la cuisse.

— C'est clair ?

— Oui, murmuré-je.

Je ferme les yeux quand il pose les lèvres sur le second sein et recommence à jouer avec moi.

Il déplace ses mains jusqu'à ce que nos doigts soient entrelacés. Il me retient toujours, mais c'est tellement plus intime. Il utilise ses pouces pour caresser mes paumes même s'il me maintient. Pendant une seconde, je ne peux penser à rien d'autre que mon amour pour lui et comme tout ça est merveilleux – d'être sienne, maintenant et à jamais.

Quand il reprend la parole, la passion regagne l'avantage.

— Je vais aimer te faire supplier, dit-il pratiquement sur le ton de la conversation.

Il relève les hanches d'un centimètre et écarte mes jambes, juste un peu plus, mais avant que je puisse réellement les ouvrir comme j'en ai envie, il se repose sur moi. Il a exposé mon clitoris suffisamment pour appuyer la bosse dans son pantalon contre mon corps rempli de désir, provoquant chez moi une vague de chaleur.

— Ooh, frémis-je.

J'utilise toute ma force pour me remonter, espérant avoir plus de stimulation.

— Qu'est-ce que j'ai dit ?

Il me redonne une claque sur la cuisse.

— Si je veux jouer avec toi, c'est ce que je vais faire. Tu vas rester étendue sans bouger pour l'instant. Tu dois l'accepter.

— Oui, Mykl. Mais... s'il te plaît.

Ma voix est tendue par le désir.

— Ne parle pas pour le moment.

Il blottit son corps contre le mien, puis il s'éloigne, imitant les gestes répétitifs qu'il avait réalisé la dernière fois qu'il m'a prise, jusqu'à ce que j'en sois presque au point de sangloter de désir. Mon clitoris est gonflé du besoin d'être libéré. Quand il se repositionne enfin sur moi et glisse une main pour me toucher, je commence à supplier.

— S'il te plaît, laisse-moi jouir.

— Je crois qu'on doit d'abord voir pour ta punition.

Il insère un doigt en moi et fait quelques va-et-vient.

Pendant une superbe seconde, je pense qu'il l'a dit seulement pour m'exciter.

Puis il retire sa main et il roule plus loin de mon corps.

— Tu mérites une bonne fessée, Kianna.

— Mais pourquoi ?

Je suis au bord des larmes tellement j'ai envie de le sentir en moi.

— Je ne la mérite pas, protesté-je.

— Je dois faire la liste des raisons ?

Il s'assoit et me rapproche de lui.

— Premièrement, tu as fait en sorte que je pense que tu allais prendre Arc et Bow comme compagnon.

— Ce n'est pas juste ! Tu allais…

Il ne me laisse pas finir.

— Deuxièmement, tu as permis à Cressa de me mener en bateau sur tes allées et venues.

— Ce n'est pas juste, non plus ! Je n'ai aucun contrôle sur ce qu'elle ou n'importe qui…

— Et troisièmement ?

Il marque une pause pendant qu'il m'installe sur ses genoux de manière à ce que je sois couchée sur ses cuisses fermes, les fesses pointées vers le plafond.

— Troisièmement, seulement parce que ça me plaît.

— Ce n'est *pas* une bonne raison.

— C'est la meilleure de toutes, me dit-il en me caressant le derrière. En tant que ton maître et ton compagnon, je me réserve le droit de te punir et de te donner du plaisir selon mes envies. Tu ferais bien de t'en souvenir.

Sa voix, bien que ferme, est amoureuse. Et je ne ressens aucune peur, seulement l'anxiété sexy de savoir ce qu'il me fera.

— Je suis sérieux, ajoute-t-il en penchant la tête pour que je sente son souffle sur ma nuque. Je vais m'assurer que tu restes sur le droit chemin, Kianna. Avec une main inflexible. Pour nous amuser, de temps en temps, comme maintenant. Parfois, pour de vraies raisons.

Je frissonne devant le mélange d'appréhension et de désir. Ses fessées font mal, mais elles créent un tel lien et tellement de plaisir que je souhaite être sous son contrôle.

— Oui, maître, murmuré-je en remuant sur ses cuisses. Quand tu veux, maître.

Il glousse.

— Enfin, la bonne réponse. C'est maintenant.

Il lève la main et la fait descendre d'un coup sur les deux en même temps. Une belle claque.

— Aïe.

Je recule sous la surprise, mais il me maintient les hanches avec un de ses bras.

— Garde ta position. Règle numéro un pour toi, Kianna. Sinon je t'en donnerai plus avec la ceinture quand on aura terminé.

D'autres fessées s'abattent et ça commence à piquer. Je tressaille, mais je me force à rester en place.

— Penses-tu vraiment vouloir une dose de ceinture quand on en aura fini avec ma main ?

Il fait pleuvoir des claques sur le haut de mes cuisses.

— Non ! Aïe. Je n'en ai pas envie. Mykl, aïe.

Si, quand même un peu.

— Chut.

Il continue sa punition et j'ai l'impression qu'il y va plus fort.

— Règle numéro deux.

Il m'en donne une sur les deux fesses à nouveau.

— Tu ne me demandes pas d'arrêter. Tu as le droit de dire que ça fait mal, mais pas d'arrêter.

— Mykl !

Je me tortille pour le regarder en plissant les yeux.

— Non, baisse-toi.

Il me pousse gentiment.

— J'ai appris ton langage corporel et tes réponses et je n'irai pas trop loin. Règle trois. Pas de discussions.

— Je ne pense pas que j'aime...

Il me donne des fessées plus fortes, encore et toujours.

— La pénalité si tu brises une de ces règles est la ceinture pour commencer. Ça peut être la lanière de punition. Ou une canne. On verra en fonction des besoins. Dr Daneth a de nombreuses suggestions sur comment les Zandians devraient mater leurs compagnes fougueuses.

Ça devrait me mettre en colère. Mais je suis plus brûlante de désir pour lui. Je fais confiance à ce mâle. J'ai tellement envie de lui en cet instant que je pourrais jouir avec seulement l'impact de sa main sur mon derrière, parce que la fessée envoie des vibrations voyageant vers mon clitoris qui est aussi sous pression contre sa jambe.

Je lui attrape les cuisses et les serre.

— Merde, merde, merde.

Il me saisit par les cheveux.

— *Bordix*, Kianna, si tu as besoin de me dire d'arrêter, formule-le en Zandian comme ça.

Il me murmure un mot, mais je ne fais pas attention, parce que si mon mouvement de hanche est synchronisé avec ses claques, je peux augmenter le plaisir sur mon clitoris et je pourrais...

— Tu m'as entendu ?

Il marque une pause.

— Quoi ?

J'ouvre les yeux.

Il rit.

— Petite humaine affamée. J'ai besoin que tu écoutes quand je te parle.

— Oui, oui.

Impatiente, je soulève mon bassin.

— Bien sûr.

J'agite légèrement mes fesses.

— Alors, qu'est-ce que j'ai dit ?

— Tu me disais combien j'étais méchante et que je ne suis pas autorisée à faire des tas de choses.

— Répète-moi le mot que je viens de t'apprendre.

Je me lèche les lèvres et m'exécute. Puis j'ondule à nouveau le bassin, parce que même si les claques brûlent, elles m'envoient aussi au septième ciel.

— Baise-moi.

C'est une supplication et un poème. Je repose mes hanches contre lui pour avoir une nouvelle friction délicieuse.

Il se penche en avant.

— Chaque chose en son temps. Et pour l'instant, cesse d'essayer de jouir. Cesse de remuer les fesses. Tu veux savoir quelle est la punition si tu as un orgasme sans ma permission ?

— Quoi ?

Je peux à peine respirer.

— Je vais te prendre par derrière comme la dernière fois, mais sans te laisser venir avant une rotation planétaire. Je vais te faire attendre. Peut-être deux rotations.

— Non ! Mykl...

— Alors, contrôle-toi, murmure-t-il. Et suis mes règles pendant qu'on termine.

Il frotte légèrement ma peau jusqu'à ce que je sois détendue sur ses cuisses fermes. Puis il me donne une énorme fessée. Et encore une.

Je gémis et prends une inspiration. Je réalise à ce moment-là qu'il ne me tient pas. L'enfoiré, il me teste – il veut voir si je vais rester en place comme il me l'a demandé.

C'est difficile, parce que mes instincts me poussent à m'éloigner de sa main inflexible. Mes fesses sont déjà enflammées, mais je m'efforce à demeurer immobile pendant qu'il me punit, sans bouger, sans prononcer un mot.

Quand ça commence à brûler plus que je peux le supporter, je crie.

Sans rien dire, c'est terminé et il me prend dans ses bras.

— Tu vois. J'ai arrêté quand tu en as eu besoin, non ?

Il parle dans mon cou et un de ses doigts trouve mon sexe.

— Et maintenant, tu vas être récompensée pour avoir eu un aussi bon comportement. Ça va être amusant de t'éduquer, Kianna.

— Je ne suis pas un animal de compagnie qu'on peut éduquer.

Mais mes mots manquent de mordant parce que ses mains me caressent comme j'aime.

— Pas un animal, acquiesce-t-il. Ma compagne. Ma douce petite humaine réceptive. Je vais t'apprendre à faire l'amour comme je le veux.

Il glisse ses doigts en moi, effleurant l'endroit qui fait trembler mes cuisses.

— Par la Terre, murmuré-je.

— De faire ce que je dis quand je le dis. Tu seras mon esclave sexuelle personnelle, me promet-il.

Mais pendant qu'il continue de caresser mon point G, il utilise ses autres doigts pour jouer avec mon clitoris et c'est comme s'il était *mon* esclave sexuel pour le moment.

— Tu vas me vénérer, ajoute-t-il, mais sa voix est tellement pleine de respect qu'il est évident qu'il est sous mon charme comme je le suis avec lui.

La douleur de mes fesses est le parfait complément du picotement que ses mains tirent de mon corps. Je ne sais pas pourquoi j'aime ce mélange de tourments et de plaisirs, mais merde, c'est exactement ce dont j'ai envie. Je presse mes lèvres sur les siennes.

— J'ai besoin de te sentir en moi. Je ne veux plus attendre.

— Moi non plus.

Il m'allonge sur le dos et se lève pour retirer ses vêtements. Mes yeux s'écarquillent quand il arrache sa chemise et son pantalon. Son sexe est si dur et long. La teinte violette est plus prononcée en son sommet. J'écarte les jambes avec impatience, le cœur battant la chamade.

Il me chevauche, un genou de chaque côté de mon corps.

— Tu es mienne.

Il m'attrape par les cuisses, me soulève un peu, puis, avec une main, il guide sa verge vers mon entrée.

— Oui.

Je ferme mes paupières.

— Regarde-moi Kianna.

Sa voix est ferme.

Je cligne des yeux et retiens mon souffle devant son regard intense.

— Regarde-moi pendant que je te prends.

Il frotte son sexe sur mon orifice. Je veux voir son visage pendant. Il est si épais que même si je suis ridiculement mouillée, je sens la friction de nos peaux quand il me pénètre.

— Tu es si serrée, murmure-t-il. Si parfaite.

Un centimètre. Puis un autre. Mon corps s'ouvre pour lui

avec son avancée et même si je m'attends à ce que ça fasse mal, tout ce que je ressens, c'est du plaisir. Ses iris semblent s'embraser avec une nouvelle teinte de violet et il s'insère en moi.

Il garde ses yeux rivés sur les miens pendant qu'il s'enfonce en moi et quand il est presque à la garde, il sourit. Triomphant. Il me donne un coup de reins et je crie. Un gémissement étranglé lorsqu'une intense douleur me traverse. Une seconde plus tard, elle est partie, aussi vite qu'elle est venue.

Il se fige et examine mon visage.

— Ça va ?

— Oui. J'en veux plus.

Je le regarde, fascinée.

— Tes désirs sont des ordres.

— Je pensais que c'était le contraire.

J'ai un petit cri de surprise quand il se retire.

— Oh.

— C'est les deux.

Il reprend ses va-et-vient, légèrement plus rapides. Il est attentif à ma réaction.

Je lui attrape les hanches à deux mains.

— Vas-y plus fort, Mykl. À moins que j'aie besoin de te donner une motivation ?

Je lève un sourcil, faisant une imitation de lui un peu plus tôt. Il rit.

— Tu vas avoir des soucis pour celle-là, petite humaine.

Il m'assène une claque sur ce qu'il peut atteindre de mes fesses. Puis il reprend avec des coups de reins plus rapides, jusqu'à ce que je puisse à peine respirer.

Je lui attrape les fesses, même si je peux difficilement faire le tour de son corps. Je suis complètement relâchée désormais, je le tire, enfonce mes ongles dans sa peau, je le touche partout où je le peux.

— Par la Terre.

Mon souffle est court. La passion grandit en moi et ses yeux – si plein d'émotion, je ne les ai jamais vus ainsi – me font chavirer.

— Je vais... murmuré-je quand sa verge caresse mon clitoris.

— Ensemble, grogne-t-il avec ses fortes mains sur moi. Maintenant.

Je me laisse voler dans la tempête et je crie son nom quand mon corps se précipite vers la sensation la plus délicieuse de ma vie. Il rugit, donne un autre coup de reins, se raidit, et mon sexe devient chaud avec son sperme. Sentir son essence en moi me fait basculer vers un second orgasme, meilleur que le précédent. Je suis sans défense, perdue dans son étreinte alors que mon corps se tend, respirant à peine. Vague après vague, un flot de pure perfection me traverse.

— *Bordix*, Kianna, mon amour.

Sa voix est rauque, brisée.

On se replace et il m'enveloppe de ses bras. Mes cuisses sont collantes de son sperme et quand je baisse les yeux, je m'exclame de surprise.

— Les couleurs.

Des amies m'avaient prévenu que la semence des Zandians avait les couleurs de l'arc-en-ciel, mais en le voyant ça ne ressemble à rien de ce que j'ai pu imaginer.

— C'est joli.

Il rit et me serre plus fort contre lui.

— Pas autant que toi.

Il y a un sourire dans sa voix. Il me caresse les cheveux, l'épaule. Comme s'il ne pouvait s'empêcher de me toucher.

J'aime qu'il sourit plus depuis qu'il m'a rencontré, et il dit que c'est à cause de mon influence. De plus, dans le petit laps de temps où il m'a réclamée, j'ai l'impression que des changements fondamentaux ont eu lieu dans le lien entre nous.

Peu importe ce qui lui manquait, il l'a dorénavant, tout comme la capacité de me faire confiance et de profiter de moi complètement. Quant à moi, je n'ai plus le sentiment tenace de ne pas être aimée. Désormais, le savoir de mon passé et de mon présent se mélangent et j'ai encore plus de choses à partager avec Mykl. Le Zandian de mon cœur.

— Si tu as ce genre de performance, je dois dire que je suis heureuse de t'avoir choisi plutôt qu'Arc et Bow.

Je me fais belle et me retourne pour lui mordiller l'oreille.

— Mentionne leur nom encore une fois et je vais chercher ma lanière, grogne-t-il avant de me mordiller l'oreille en retour.

Le picotement descend dans mon cou et dans mes mamelons.

Si je n'étais pas aussi satisfaite, je pourrais glousser et dire « ArcetBow » à toute vitesse pour savoir s'il tiendrait parole. À la place, je m'étire près de son corps et je laisse ma main parcourir ses triceps impressionnants.

— Qui ? Je ne vois pas de qui tu parles. Ce doit être des subalternes sans importance.

Il pince un mamelon et dépose un baiser sur ma tête.

— Tu as bien raison. Tu apprends vite, petite humaine.

Il semble satisfait.

— Ah, enfin tu reconnais la véritable valeur des humains.

Je plaisante, mais il se raidit dans mes bras. Puis il se

tourne et prend délicatement mon visage entre ses paumes. Il me fixe dans les yeux.

— Kianna, ça t'inquiète vraiment ? Je te le jure, je... je t'aime. Je respecte toutes les humaines, surtout toi.

Je peux voir que même s'il pense ce qu'il dit, ce n'est pas facile pour lui de l'admettre. J'ai presque envie de pleurer et je porte une main à ma bouche en le regardant avoir du mal à trouver les mots, la délivrance. Ses épaules sont raides, son visage déterminé. Par la Terre, c'est quelques fois difficile pour ces Zandians de laisser parler leurs émotions quand ils commencent à les ressentir.

Je touche sa joue ferme, j'en trace les contours.

— Ça ne m'inquiète pas, Mykl. Je plaisantais.

Il hoche la tête solennellement. Il est toujours tendu.

— C'est ce que je pensais, mais je voulais être sûr. J'ai parfois des incertitudes.

Mirelle m'a dit que ça devient plus facile avec le temps, surtout après plusieurs relations sexuelles avec les humains. Elle affirme avoir placé ses mâles Zandians exactement là où elle désirait qu'ils soient – le mélange parfait entre dominants féroces et respectueux et partenaires sensibles.

Comme Mirelle, je ne veux pas qu'il le soit trop. Je grogne pour moi-même en repensant aux étreintes tièdes d'Arc et Bow. Je souhaite bonne chance à Cressa pour ça. Bien sûr avec elle, s'ils ont une véritable passion, ils seront peut-être des dominants sauvages de la même manière que Mykl l'est avec moi. Je hausse les épaules dans ma tête. Puis je les repousse hors de mon esprit.

— Je te respecte aussi. Ça a toujours été le cas. Et je t'aime. Tu le sais.

Il me sourit, et maintenant je sens des larmes dans mes yeux parce que son sourire est si beau. Et il m'est destiné. La chose que je voulais depuis si longtemps, l'être que je désirais, est à moi. C'est incroyable. Un véritable cadeau de l'univers, au moment du solstice, le jour le plus magique du cycle solaire.

Ses doigts se referment sur mon poignet.

— Tu n'iras pas au programme Outlander. Je te l'interdis.

— Et si j'avais réellement envie d'y aller ?

Je lève mon autre main pour qu'il puisse s'en saisir aussi.

— C'est le cas ?

Il relève un sourcil.

— Non.

Je rougis.

— Je l'ai brièvement considéré quand j'ai cru que tu…

Il hoche la tête.

— Je comprends. Mais tu sais que ce programme n'est pas pour toi.

Je me renfrogne.

— Parce que je suis trop faible ?

Je me raidis dans ses bras. Il embrasse ma tempe.

— Détends-toi. Parce que tu es trop intelligente pour ça. Ton truc de relaxation de l'esprit ? C'est ce que tu dois développer. Ça va changer Zandia.

— Oh, non, dis-je.

Je secouerais la main pour rejeter cette idée s'il ne les tenait pas toutes les deux.

— Oh, oui.

Sa voix est ferme.

— Tu le sais aussi bien que moi, insiste-t-il. Tu as le droit de l'admettre. Que tu fais quelque chose d'important pour la planète. Que tu as des habiletés que personne d'autre ne peut reproduire.

Je rougis à nouveau. Je m'éclaircis la gorge.

— J'ai lancé des discussions pour commencer un cours

pour apprendre cette technique aux guerriers qui ont besoin de se concentrer, avoué-je en déglutissant. Apparemment, maître Seke soutient cette idée et il pense que ce serait un atout majeur dans l'entraînement de nos combattants.

Je rayonne. Puis j'ajoute :

— Je ne veux pas me vanter.

— Il y a une différence entre les fanfaronnades stupides et la véritable fierté d'un travail de qualité.

Il me serre plus fort et murmure à mon oreille :

— Et tu sais quoi ? Si je dois utiliser ma lanière pour te le rappeler, je le ferai, Kianna. Une des fessées qui serait plus de la punition que du plaisir.

Je sens un nouvel élan d'humidité entre mes cuisses.

— Mykl...

Je souffle en le caressant. Par les étoiles, il est à nouveau dur. Il grogne.

— Tu es impossible.

Mais il sourit.

— Et toi ?

Je lui touche le torse et appuie légèrement. J'ai encore envie de lui, mais je dois lui poser la question qui me brûle les lèvres.

— Tu en as fini avec les cascades de guerriers ? Seras-tu satisfait de rester ici à faire ton travail d'ingénieur ou je vais devoir te maîtriser complètement et te menotter au lit pour faire de toi mon esclave sexuel pour éviter que je m'angoisse à l'idée que tu repartes sur un vaisseau de combat pour un dangereux sauvetage ?

Je plaisante, mais je suis consciente qu'il y a une note de désespoir dans ma voix.

— Premièrement, s'il y a un de nous qui doit être menotté, ce sera toi. Soyons clairs.

Puis il arrête de sourire et me regarde droit dans les yeux.

— Kianna, ça t'inquiète ?

J'acquiesce en sentant les larmes monter.

— Le simple fait de penser à cette possibilité me fait paniquer.

Il soupire.

— Je me suis imposé pour cette mission parce que je voulais retrouver cette femelle zandianne, même si ça m'amenait aux limites de mes capacités physiques. Je reconnais que j'ai été un atout sur ce voyage – en partie grâce à toi – mais je suis mieux à travailler ici. Sous les étoiles. Pas parmi elles.

Il semble désespéré, dans un sens. Je soupçonne que ça sera un souci toute sa vie pour Mykl. Un que je suis prête à l'aider à régler.

— Oh, Mykl.

Je lui serre la main.

— Toi et moi ? Nous sommes autant dans les étoiles que n'importe qui d'autre. On n'a pas besoin de les toucher.

Il examine mon visage. Il me regarde pendant de longues secondes. Puis il hoche la tête.

— Oui. Tant que nous sommes ensemble, on peut être heureux ici. On soutiendra ceux qu'on aime et on les aidera à devenir de meilleurs combattants.

— Chaque étoile naît quelque part, lui rappelé-je. Une base solide pour pouvoir s'élancer et briller. Elle n'est peut-être pas pimpante, mais elle est intrinsèque à l'essence du tout.

Il sourit et me caresse le bras.

— Tu es intelligente, Kianna. J'ai de la chance de t'avoir pour compagne.

Je le suis tout autant.

— Alors, soyons chanceux ensemble à jamais.

Il m'embrasse et j'ai à peine le temps d'admirer la vitesse avec laquelle il devient à l'aise avec l'échange de promesses lourdes de sens. Parce que ses jolies mains talentueuses se portent sur mes seins et que son sexe grandit et durcit au point de palpiter contre ma hanche. Mon corps subit une montée d'adrénaline et de désir. Je ne peux attendre une seconde de plus pour l'avoir à nouveau.

J'ignore si c'est de la chance ou le destin, ou encore la magie des Lumière zandiannes. Peu importe le mouvement des astres qui a nous a lié Mykl et moi, je suis reconnaissante. Et je sais qu'ensemble nous allons avoir une vie merveilleuse remplie d'amour. Je me blottis contre lui, toujours éblouie par les lumières du solstice sous mes paupières, et nous ne devenons qu'un. Tous mes rêves brillent. Ils sont heureux et lumineux.

Fin

LIVRE GRATUIT DE RENEE ROSE

Abonnez-vous à la newsletter de Renee

Abonnez-vous à la newsletter de Renee pour recevoir livre gratuit, des scènes bonus gratuites et pour être averti·e de ses nouvelles parutions !

https://BookHip.com/QQAPBW

OUVRAGES DE RENEE ROSE PARUS
EN FRANÇAIS

www.reneeroseromance.com/francaise/

Maîtres Zandiens

Son Esclave Humaine

Sa Prisonnière Humaine

Le Dressage de Son Humaine

Sa Rebelle Humaine

Sa Vassale Humaine

Son Compagnon et Maître

Animal de Compagnie Zandien

Sa Possession Humaine

Les Épouses Zandiennes

La Nuit des Zandiens

Achetée par les Zandiens

Dominée par les Zandiens

Alpha Bad Boys

La Tentation de l'Alpha

Le Danger de l'Alpha

Le Trophée de l'Alpha

Le Défi de l'Alpha

L'Obsession de l'Alpha

L'Amour dans l'ascenseur (Histoire bonus de La Tentation de l'Alpha)

Le Désir de l'Alpha

La Guerre de l'Alpha

La Mission de l'Alpha

Le Fleau de l'Alpha

Le Secret de l'Alpha

La Proie de l'Alpha

Le Sang de l'Alpha

Le Soleil de l'Alpha

La Lune de l'Alpha

La Serment de l'Alpha

La Vengeance de *l'Alpha*

Le Ranch des Loups

Brut

Fauve

Féral

Sauvage

Féroce

Impitoyable

Deux Marques

Indomptée (libre)

Temptée

Désirée

Séduite

À PROPOS DE RENEE ROSE

RENEE ROSE, AUTEURE DE BEST-SELLERS D'APRÈS USA TODAY, adore les héros alpha dominants qui ne mâchent pas leurs mots ! Elle a vendu plus d'un million d'exemplaires de romans d'amour torrides, plus ou moins coquins (surtout plus). Ses livres ont figuré dans les catégories « Happily Ever After » et « Popsugar » de USA Today. Nommée *Meilleur nouvel auteur érotique* par Eroticon USA en 2013, elle a aussi remporté le prix d'*Auteur favori de science-fiction et d'anthologie* de Spunky and Sassy, e celui de *Meilleur roman historique* de The Romance Reviews. Elle a figuré dix fois sur la liste des best-sellers de USA Today avec ses livres Bratva de Chicago, Wolf Ranch et Bad Boy Alpha et plusieurs anthologies.

Abonnez-vous à la newsletter de Renee pour recevoir des scènes bonus gratuites et pour être averti·e de ses nouvelles parutions!

https://www.subscribepage.com/reneerosefr

À PROPOS DE REBEL WEST

Rebel West crée des romans de science-fiction futuristes qui se déroulent sur la planète Luminar. Ses habitants sont beaux et bien pourvus, avec des abdos en béton, des yeux bleu nuit et un penchant dominateur qui va vous couper le souffle.

Rebel West coécrit la série de harem inversé des Épouses Zandiennes avec Renee Rose.

Elle écrit également des romances autonomes sous le nom d'Alexis Alvarez.